到底是
張愛玲

◎ 劉紹銘 著

責任編輯　舒　非
裝幀設計　鍾文君

書　　名　到底是張愛玲
著　　者　劉紹銘
出　　版　三聯書店（香港）有限公司
　　　　　香港鰂魚涌英皇道1065號1304室
　　　　　JOINT PUBLISHING (HONG KONG) CO., LTD.
　　　　　Rm.1304, 1065 King's Road, Quarry Bay, Hong Kong
香港發行　香港聯合書刊物流有限公司
　　　　　香港新界大埔汀麗路36號3字樓
印　　刷　深圳市德信美印刷有限公司
　　　　　深圳市福田區八卦三路522棟2樓
版　　次　2007年10月香港第一版第一次印刷
規　　格　大32開 (140 × 203mm) 160面
國際書號　ISBN 978.962.04.2706.0

目次

細細的喜悅（代序）

　　張愛玲的小說，適合電影和舞台演出的，〈傾城之戀〉是首選。對白是現成的。情節是男歡女愛的配套。更難得的是，在所有張愛玲的"言情"作品中，范柳原和白流蘇是唯一修成正果的一對男女。不錯，因為"傾城"，浪子才認識到自己也是天涯淪落人，終於"回頭"。這樣說來，柳原跟流蘇結合，只是順應時勢，一點也不纏綿悱惻。說的也是，但最後兩人也動了真感情，這倒是在文本中有據可考的。看電影或舞台劇的觀眾，恐怕進不了流蘇的內心世界：

　　流蘇到了這個地步，反而懊悔她有柳原在身邊，一個人彷彿有了兩個身體，也就蒙了雙重危險。一彈子打不中她，還許打中他，他若是死了，若是殘廢了，她的處境更是不堪設想。她若是受了傷，為了怕拖累他，也只有橫了心求死。……她料着柳原也是這般想。別的她不知道，在這一剎那，她只有他，他也只有她。

　　"為了怕拖累他，也只有橫了心求死。"按敘事者的說法，這對亂世男女，原是"精刮"、"自私"的人。炮聲一響，這位原來只以自己為本位的小女子，突然曉得推己及人，使這一段原先看來不外是肉體交換物質的男女關係平空添了幾分靈性的色彩。敘事者淡淡幾筆,就把流蘇的品格提升了。但這種認識,要細讀文本才感悟出來。

前面說過,要拍電影,〈傾城之戀〉的對白是現成的。張愛玲精於此道,三言兩語,就維肖維妙的把人物性格烘托出來。〈金鎖記〉中的七巧,剛為兒子長白完婚,娶了袁家小姐。鬧新房那天晚上,做婆婆的進去瞄了兒媳一眼就出來,在門口遇上女兒長安。長安說嫂子皮色還可以,就是嘴唇太厚了些。七巧把手撐着門,拔下一隻金挖耳來搔搔頭,冷笑道:"還說呢!你新嫂子這兩片嘴唇,切切倒有一大碟子。"

〈金鎖記〉如改編電影,這種對白編劇絕不會放過。把新媳婦的嘴唇設想為盤中餐,這位婆婆是什麼樣的人物,再不必多說了。范柳原玩世不恭的德性,也是從對白"溜"出來的。他初遇流蘇,就吃她豆腐:"你知道麼?你的特長是低頭。"張愛玲文字的精髓,不光在對白。"香港的陷落成全了她。但是在這不可理喻的世界裡,誰知道什麼是因,什麼是果?"這是〈傾城之戀〉結尾的一段。張愛玲小說的對白,在現代作家中不作第二人想。張愛玲敘述文字清麗,句子流動着細細的音樂。在現代作家中也不作第二人想。"七巧低着頭,沐浴在光輝裏,細細的音樂,細細的喜悅……。"

這些細細的喜悅,只有摸着文本細讀才能體味。"胡琴咿咿呀呀拉着，在萬盞燈的夜晚，拉過來又拉過去，說不盡的蒼涼的故事——不問也罷。"胡琴咿呀的蒼涼，你看電影不會感受到，除非你早已熟悉〈傾城之戀〉的文本。張愛玲的作品，影像代替不了文字。

近年張愛玲研究已成"顯學"。她的作品量不多，幸好她的創作生涯中除小說散文外，還編寫過劇本，也翻譯過自己的文章和外國作家的著作。張愛玲的英語創作、翻譯和劇本編寫已成"張學"的新課題。今後學者討論，空間廣闊多了。

但我相信張愛玲傳世之作，還是收在《傳奇》和《流言》的小說和散文。《到底是張愛玲》收錄了我近年談論張愛玲的文章，引用的文本，也多出自這兩本集子。比較"離題"的是〈張愛玲的中英互譯〉和〈英譯《傾城之戀》〉。讀者不妨看作"張學"研究的一個新課題吧。

書內最長也最似學報模樣的一篇是〈張愛玲的散文〉，原為香港科技大學包玉剛傑出講座公開演講之講稿（二〇〇五年十月十六日）。科技大學鄭樹森教授授權發表，特此致謝。

我在《文字的再生》集內一篇文章說到，張愛玲一九六九年因夏志清推介，拿到柏克萊加州大學陳世驤教授主持的中國研究中心聘書，到那裡去研究大陸政治術語。"據說陳教授對她的表現很不滿意，但因愛才，也沒有為難她。一九七一年五月陳世驤心臟病逝世。事隔一月，張愛玲便被解聘了。"

此文是〈張愛玲的知音〉。在美國的高全之先生看到了，來函指出陳世驤教授解聘張愛玲在前，過世在後。這樣說來，Eileen Chang晝伏夜出、遺世獨立的工作習慣，連惜玉憐才的陳教授也忍受不了。

高全之還說，抗戰期間張愛玲居於敵偽時期的上海，不應稱為"孤島"，應作"後孤島"，僅在此一併致謝。

二○○七年七月十日
劉紹銘識於香港嶺南大學

傳奇的誘惑

白先勇小說〈冬夜〉（一九七〇），兩位老教授在台北溫州街破舊的台大教職員宿舍夜雨話當年。在台灣"堅守教育崗位"的余欽壘告訴"旅美學人"吳柱國說，他那門"浪漫文學"的課，只剩下女生選修。有一次考試的題目是試論拜倫的浪漫精神。看來他們真是"正中下懷"，其中一位二話不說就把詩人的大小情婦名字一一列上，他的"半個妹妹"Augusta Leigh也上了榜。

在這位同學眼中，拜倫（一七八八至一八二四），是個legend，一個傳奇人物。說來這位三十六歲就辭世的英國浪漫詩人，一生傳奇着實不少。他長得俊俏，雖然天生一腿畸形，憑意志力克服身體缺憾，把自己訓練成為拳擊手、劍擊手、馬術師和游泳健將。英國上流社會的名門淑女，對他如醉如癡。為了逃避一位名叫Caroline Lamb的"瘋婆子"苦苦糾纏，他只好跟Annabella Milbanke草草成親，斷了Caroline的癡念。

拜倫跟Augusta的不倫之戀受到衛道之士攻擊，只好在一八一六年四月二十五日自我流放到意大利。他在水鄉威尼斯艷史頻傳。據他自己估計，客居意大利期間，跟他發生過關係的女子少說也有二百多人。但這一段日子也是他創作最旺盛的時期。傳世之作*Don Juan*就是在這時期動筆的。拜倫旳傳奇事跡，不絕如縷。除女人外，亦好男色。他體質有先天發胖的傾向。為了保持身材適中，常處於半飢餓狀態，以蘇打水和餅乾過活，也服用強烈的瀉劑。

三十歲過後，拜倫對"軟玉溫香"的靡爛生活感到厭倦。一八二三年他決定以行動捍衛自由，組織了"義勇軍"，協助希臘抵抗土耳其，爭取獨立。他出錢出力，訓練新兵之餘，又要平衡陣營內各黨派利益，忙壞了身子，終於一病不起。這是傳奇詩人生命裡的奇中奇，希臘人今天仍以"民族英雄"來看待他。

拜倫在英國文學史的崇高地位，可不是靠女人脂粉和硝煙彈雨建起來的。早在十八世紀的五十年代，法國文史家Hippolyte Taine在其著作《英國文學史》中就以一整章的篇幅，推許他為浪漫派詩人中"最偉大和最英國的一位"（the greatest and most English）。Taine不是聽說了他的"艷史"才下這個結論的。有關一個作家的傳說和作品原是兩回事。如果作品無足觀，生活不管多"傳奇"，也難成氣候，因為賴以傳世的是作品。近代英美作家的私生活，也像八卦新聞一樣傳誦一時的是海明威。但讀者對他私生活有興趣，因為他是《戰地鐘聲》和《老人與海》的作者，一個夠份量的作家。

傳奇是花邊新聞，更可能是引導一個本打算"隨意翻翻"的讀者深入研究一個作家的誘因。晚年的張愛玲深居簡出像不食人間煙火，因此招來一位好事者搬進她的公寓，住在她隔壁，竊聽她起居的一舉一動之餘，早上還從她倒的垃圾去了解她的飲食習慣。好事者的"窺隱"報告發表後，牽動了不少讀者的好奇心。其中有些說不定已成了張愛玲的忠實讀者。我相信白先勇筆下那位迷上拜倫的女同學，除了熟悉詩人的羅曼史外，也會讀過他的詩篇。如果拜倫一生不是這麼風風雨雨，也許她就不會這麼熱心了。張愛玲的行止，對不少人說來是個mystique，因此把她的傳奇跟作品對照看，或可得互相發明之效。以軟傳奇誘讀硬文本，亦是出奇制勝之道。我相信〈冬夜〉中那位余教授開講拜倫的課時，一定也會以他的羅曼史作開場白。

今天的"張迷"不少是從"軟"到"硬"去認識張愛玲的。我自己則相反。我初識後來慢慢成為傳奇、變成mystique的"祖師奶奶"那年，還在大學唸書。夏濟安教授在台大授課之餘，還跟吳魯芹和劉守宜兩位先生合辦《文學雜誌》。那時濟安師弟弟夏志清的英文著作《中國現代小說史》即將在耶魯大學出版。濟安師看了張愛玲那一章的原稿後，決定譯成中文，在《文學雜誌》發表。

　　一轉眼，這已是半個世紀前的事了。因為讀了志清先生對〈金鎖記〉的評價，我後來對張愛玲的小說一直另眼相看。她傳世的作品如〈封鎖〉和〈傾城之戀〉，不需任何"傳奇"襯托，文字本身已夠耐讀。其實張愛玲一生，也沒有什麼大不了的"傳奇"，跟拜倫比差遠了。出人意表的作為或有之，"驚世駭俗"的事則未有所聞。上世紀五十年代初她在香港等待移民美國那段日子，"天王巨星"李麗華通過林以亮（宋淇）安排一次跟張愛玲見面的機會。宋氏夫婦在家裡備了茶點。"小咪"也洗脫明星架子，準時在宋公館恭候。張愛玲來了。沒有留下來吃點心，也沒有跟"藝人"寒暄，打了個轉就起身告辭。這真有點出人意表。

　　張愛玲為人，很有個性。她要過的是"遺世獨立"生活，可是為生活所迫不得不跟俗世應酬。本集所收文字〈落難才女張愛玲〉，散記Eileen Chang在美國無法適應現實生活時"荷戟尚彷徨"時的困擾。但我讀張愛玲，用的始終是"硬"件，月旦她文學成就時，自信沒有受到"花邊新聞"影響。

　　張愛玲晚年離群索居，對人生的興趣絲毫不減。〈談吃與畫餅充飢〉一文，古今交集，南北共冶，都與"饞"

有關。她認為"美食"的，絕非什麼鮑參翅肚，只是平民粗食。難得的是她懂得吃。她告訴我們，"大餅油條同吃，由於甜鹹與質地厚韌脆薄的對照，與光吃燒餅味道大不相同，這是中國人自己發明的，有人把油條塞在燒餅裡吃，但是油條壓扁了就又稍差，因為它裡面的空氣也是不可少的成分之一。"It's the little things in life that count.張愛玲的"生趣"，就是靠這些"小小事情"堆砌起來的，這些小小事情，幫助她度過寂寞的晚年，也引發我們對她書寫的興趣。她文字本身已夠傳奇了，用不着"駭人聽聞"的掌故逸事來點綴。

二〇〇七年元月三日

於香港嶺南大學

《再讀張愛玲》緣起

王德威在〈"祖師奶奶"的功過〉一文提到,把張愛玲稱做"祖師奶奶",可能是我的"發明"。大概是吧。七八十年代之間我有幸經常替台灣報紙主辦的文學獎小說組當評審。就取材與文字風格而言,當年曾過目的作品,不論是已發表的或是寄來應徵的,真的可說非張(張腔)即土(鄉土)。

我當時認為確有張派傳人模樣的作家,有蔣曉雲和鍾曉陽兩位。德威七十年代在威斯康辛比較文學系當研究生。他也是張迷。我們平日聊天,偶然也會就台灣的"張愛玲現象"交換意見。

後來德威"發現"了須蘭,隨即在《聯合文學》介紹她的作品。我讀後暗暗叫道,好呵!寂寞的張愛玲,"晚有弟子傳芬芳"。先是台灣、香港,現在傳人已返祖歸宗,回歸上海,果然是一派宗師風範。德威和我在言談間把張愛玲戲稱"祖師奶奶",大概是緣於這一種認識。

一九九四年我回到香港,斷斷續續的看了不少黃碧雲的小說,心裡一直納罕,怎麼"祖師奶奶"的陰魂一直不散?

　　十多年前看過Harold Bloom初出道時寫的*The Anxiety of Influence*，說的是成名作家因受前輩的影響引發出來的"焦慮"。Anxiety of influence或可說是"師承的焦慮"。像蔣曉雲和鍾曉陽這一道作家，文字既"系出張門"，理應對"祖師奶奶"作品的特色，有別於尋常的看法。正因為他們不是學院中人，說話不"話語"（discourse），行文不"夾槓"（jargon），任何一得之見，來個現身說法，都應有可觀之處。

　　我思念多時，不能自已，乃把打算以"師承的焦慮"為主題籌辦一個張愛玲作品研討會的構思，跟梁秉鈞（也斯）和許子東兩位教授說了。我們三人"一拍即合"，決定分頭邀請作家和學者到嶺南來參加這個會議。

　　我們當時認識到，若要這個會議辦得"別開生面"，就得突出"師承的焦慮"這個主題。這就是說，邀請在文字上跟"張腔"有些淵源的作家在會上"細說"一下他們"師承"的經過。

　　現在事實證明，我當時認為"別開生面"的構想，實在是個孟浪得可以的主意。因為你認為某某作家是張派傳人是一回事，他們怎樣看待自己的文章又是另一回事。若無"師承"，何來"焦慮"？

　　在這方面，王德威教授可說與我"同病相憐"，因為我們曾一廂情願地把好些作家強收在張愛玲的族譜內。王安憶的《長恨歌》出版後，他寫了一封信問她："是不是跟張愛玲有一些對話的意圖？"

結果呢？王德威在〈"祖師奶奶"的功過〉作了交代。他說得對，我們做研究的人往往自以為是，低估作家在創作時的苦心。

前面說過，我初讀黃碧雲，總不知不覺間把她和張愛玲拉關係。特別是讀〈盛世戀〉時，這種感受更濃得不可開交。後來看到黃念欣寫的《花憶前身：黃碧雲vs張愛玲的書寫焦慮初探》，心裡覺得好窩囊，因為我自鳴得意的"黃張配搭"，跡近"移贓嫁禍"。

且看黃念欣引黃碧雲一段自白："我以為好的文學作品，有一種人文情懷，那是對人類命運的拷問與同情，既是理性亦是動人的。……張愛玲的小說是俗世的、下沉的、小眉小貌的。……張愛玲好勢利，人文素質，好差。"

以此觀之，今後"某某作家的'祖師奶奶'是張愛玲"這種話，慎不可說。細細想來，這也是對的。我們若說哪位"文學工作者"的祖師爺爺是魯迅，也不見得是一種光彩。

基於這種考慮，我們把第二天分場的題目由本來要突出的"師承的焦慮"，依許子東的建議，淡出為"張愛玲與我⋯⋯"。這題目有容乃大,很管用。在這範圍內發言的作家,因無焦慮,暢所欲言,真情流露。

嶺南大學中文系主辦這個研討會,除論述張愛玲的作品外,還依了梁秉鈞的構想,兼顧了因她作品而衍生的電影。這應該說是這次聚會的一個特色。

當然,八十高齡的夏志清教授,不辭勞苦自紐約趕來赴會,應該是這個會議的最大特色,也是我們引以為榮的地方。傅雷早在四十年代慧眼看出張愛玲在〈金鎖記〉的獨特成就:"新舊文字的糅合,新舊意境的交錯"。

但以斬釘截鐵的語氣把張愛玲推舉為"今日中國最優秀最重要的作家",是夏志清教授。我們同不同意是一回事,但要下這個定論,單具慧眼還不夠,還要膽色。黃碧雲對張愛玲的看法,容或偏激,但無可否認的是,她的小說人物,真的沒有幾個不是"下沉的、小眉小貌"的。借用《紅樓夢》描繪寶玉的話,張愛玲筆下的人物,端的是"可憐辜負韶光,於國於家無望"。

夏志清撰寫《中國現代小說史》時的五十年代,文學的取向,當然是以"壯懷激烈"者為上綱。他對張愛玲這個"冷月情魔"卻另眼相看,不能不說是擇善固執的表現。

功不唐捐。鄭樹森教授特以〈夏公與"張學"〉為題,記敘夏公對"張學"開山立說的貢獻。

功不唐捐。我藉此機會聯同梁秉鈞和許子東兩位同事向參與這次會議的朋友鄭重表示謝意。這些朋友的芳名和他們發言的題目,均如數載於本書的目錄內,不必在此重複。

在結束這序文前,我想趁此機會,"張愛玲與我⋯⋯"的範圍內也來個"現身說法"。自七十年代起,我在美國教英譯現代中國文學,例必選用張愛玲自己翻譯的〈金鎖記〉做教材。

美國孩子大多勇於發言,課堂討論,絕少冷場。他們對魯迅、巴金、茅盾等人的作品都有意見,而且不論觀點如何,一般都說得頭頭是道。惟一的例外是張愛玲。班上同學,很少自動自發參加討論。若點名問到,他們多會說是搞不懂小說中複雜的人際關係,因此難以捉摸作者究竟要說什麼。

雖然他們自認"看不懂"故事,但到考試時,對七巧這個角色卻反應熱烈。事隔多年,我還記得班上一位上課時從不發言的女同學在試卷上說了幾句有關七巧的話,至今令我印象猶新:This woman is an absolute horror,so sick,so godless。

〈金鎖記〉是否值得稱為現代中國小說最偉大的作品,選修我那門課的同學,實無能力下判斷。首先,他們對中國文學的認識，缺乏史觀。第二，他們讀的是翻譯的文本。

許子東在〈物化蒼涼〉一文討論張愛玲"以實寫虛"的意象經營。其中引了〈金鎖記〉開頭的一句："……三十年前的月亮該是銅錢大的一個紅黃的濕暈，像朵雲軒信箋上落了一滴淚珠……。"

朵雲軒的信箋，想是特為毛筆書寫而製的一種"米質"信紙，淚珠掉下來，隨即散發像個"濕暈"，陳舊而迷糊。

正如許子東所說，張愛玲的意象經營，功力之高，只有錢鍾書差堪以擬。錢鍾書恃才傲物，文字冷峭刻薄，居高臨下，有時像個intrusive narrator。

張愛玲天眼看紅塵，經營出來的意象，冷是夠冷的了，難得的是她認識到自己也是"眼中人"。天涯同悲，讀者看來，也因此產生一種怪異的感同身受的親和力。下面是個好例子："整個世界像一個蛀空了的牙齒，麻木木的，倒也不覺得什麼，只是風來的時候，隱隱的有一點痠痛。"

上面提到選英譯中國文學那位女同學，理直氣壯地把七巧看做absolute horror。其實，張愛玲筆下的人物，so sick，so godless的，何止七巧。跟她同在〈金鎖記〉現身的姜三爺季澤，何嘗不是另類horror？

且不說他各種的不是，就看他"情挑"七巧的一段文字好了："季澤把那交叉着的十指往下移了一移，兩隻大拇指按在嘴唇上，兩隻食指緩緩撫摸着鼻樑，露出一雙水汪汪的眼睛來。那眼珠卻是水仙花缸底的黑石子，上面汪着水，下面冷冷的沒有表情。"

以意象論意象，把季澤自作多情的眼睛比做"水仙花缸底的黑石子"，確見神來之筆。水仙花就是Narcissus，希臘神話那位愛顧影自憐的少年。張愛玲這個意象，無論看的是原文或是英譯，都飽滿得天衣無縫。

張愛玲的魅力，對我而言，就是這些用文字和意象堆砌出來的"蒼涼手勢"。〈傾城之戀〉結尾時，作者這麼解說："香港的淪落成全了她。但是在這不可理喻的世界裡，誰知道什麼是因，什麼是果？"

這種人生體會，卑之無甚高論。范柳原與白流蘇這段交往，也平實無奇。他們本應"相忘於江湖"，最後竟能相濡以沫，演變為這麼一個"哀感頑艷"的故事，套用一句陳腔濫調，靠的就是張愛玲"化腐朽為神奇"的文字功力。

Mark Schorer有影響深遠論文名*Technique as Discovery*。試易一字改為Technique is discovery。一個作家的文字和技巧，領着我們曲徑通幽，迴旋處驟見柳暗花

明，原來已邁入了新天地。這就是張愛玲魅力歷久不衰的
原因。

附：《再讀張愛玲》前言

嶺南大學中文系主辦的“張愛玲與現代中文文學國
際研討會”，於二〇〇〇年十月二十四日至二十六日一連
三天在嶺南校園舉行。有關籌備這會議的構想，我在〈緣
起〉一文作了交代。

為討論一個作家的生平、作品及影響而舉辦的研討
會，如果人選又是就地取材，預算上可以“豐儉由人”。

但如果要辦的是一個聯同海外學者參與的國際會議，
因為在牽涉到交通與住宿等“資源”問題，沒有相當的經
費，就辦不起來。

我們這個研討會能夠辦得如此“國際”，有幸得到陳
坤耀校長的支持。他調動了一筆特別經費給我們接待香港
地區以外的與會學者。為此我們特別要向陳校長致謝。

來自美國的學者專家，除了夏志清和王德威兩位教授
外，本來還有白先勇和李歐梵的。我早在一九九九年底就
把開會的構想告訴了白先勇，他聽後大樂，一口就答應下
來。誰料事隔數月他就因病進院動了手術。出院後又得遵

醫囑不作長途飛行,留家靜養。

李歐梵跟白先勇一樣,一聽說夏公(志清)會不辭勞苦,要從紐約飛到香港來開會,也毫不猶疑地答應下來。可惜後來他發覺會議的排期,跟早已定好來港"公幹"的行程相距不到個半月。在五個星期內飛渡太平洋兩次,時間不許可,身體也吃不消,因此作罷。

除了兩樁"突發事件"外,這個為期三天的會議程序,一切依原定計劃順利進行。

香港牛津大學出版社不計市場效益,慨然簽約出版《再讀張愛玲》,誠屬"義舉"。林道群先生穿針引線,玉成其事,我們感激不盡。更難得的是他對事項編務全情投入,不時提供意見,實際上是我們不掛名的責任編輯。

每一輯文字後的講評稿,有些是作者在會前已經準備好、事後再經潤飾才交給我們的。有些則屬"即興體",事後根據錄音整理,再經作者過目然後定案的。夏志清〈張愛玲與魯迅及其他〉一文,即為此例。

第四輯所收各篇,是本集的"另類文章"。作者或發言人在"張愛玲與我⋯⋯"這個範圍內,天空任我行。在發排前,我們一一跟作者聯絡過,問他們要不要在原稿或錄音的"抄本"上作些什麼補正。要求修訂的,我們遵囑照辦。堅持以"原貌"示人的,我們當然也一樣尊重作者的意思。

　　黃靜、陳成靜和林賀起三位同學是中文系的研究生。
會議期間，他們權充"知客"，負責疏導現場。會後他們
幫忙整理錄音，尖起耳朵，在各種鄉音龐雜的版本中，半
猜半解地謄出講詞的初稿來。這項工作吃力又吃重，難為
他們了。

　　借用黃子平在第一輯〈講評〉王德威發言的話，張
愛玲"以寫作來與歷史記憶（或叫做："夢魘"）反覆對
話，而張愛玲研究界對她的集體想像，正體現了一種藉她
來對抗單線進化的文學史敘述常規的慾望"。

　　我們在香港召開這個"張愛玲與現代中文文學國際研
討會"，動機既不在"招魂"，更不為了"除魅"。因為
我們相信張愛玲的文字，"魅"力驚人，不必"招"，也
會隨時隱現，要"除"也除不了，斬草也除不了根。

　　我們或可引伸黃子平的話說，如果我們因重複張愛玲
的重複，並因此不斷衍生新的"傳奇"，那麼過去"單線
進化的文學史敘述常規"這個老大的傳統，今後也許不好
意思延續下去了。

二○○二年二月十五日

張愛玲的散文

一

在夏志清評介張愛玲文章出現前，傅雷以迅雨筆名發表的〈論張愛玲的小說〉（一九四四），是同類文章中最有識見的一篇。他集中討論的作品，是〈金鎖記〉和〈傾城之戀〉兩中篇。短篇如〈封鎖〉和〈年青的時候〉亦有品題，但落墨不多，只說這兩篇作品在境界上"稍有不及"，技巧再高明，"本身不過是一種迷人的奢侈"。傅雷文章發表時，〈連環套〉還在《萬象》連載。他看了四期，大失所望，忍不住說了重話，說作者丟開了最擅長的心理刻劃，單憑豐富的想像，"逞着一支流轉如踢Q舞的筆，不知不覺走上純粹趣味性的路"。

多年後，張愛玲在《張看》（一九七六）的自序說："《幼獅文藝》寄〈連環套〉清樣來讓我自己校一次，三十年不見，儘管自以為壞，也沒想到這樣惡劣，通篇胡扯，不禁駭笑。一路看下去，不由得一直齜牙咧嘴做鬼臉，皺着眉咬着牙笑，從齒縫裡迸出一聲拖長的

Eeeee！"〈連環套〉連載時，張愛玲已是上海名作家。傅雷對她作品的評語，直言無諱，已經難得，更難得的是，他說的都對。這真是一篇突兀之外還要突兀，刺激之外還要刺激的耍"噱頭"小說。

可能因為傅雷對文學作品的要求，還沒有完全脫離主題或"中心思想"的包袱，他對〈傾城之戀〉的成就，極有保留。他把范柳原和白流蘇看作"方舟上的一對可憐蟲"，男的玩世不恭，儘管機巧風趣，終歸是精煉到近乎病態社會的產品。女的年近三十，失婚，整天忙着找個合意的男人，"使她無暇顧到心靈。這樣的一幕喜劇，骨子裡的貧血，充滿了死氣，當然不能有好結果"。

傅雷給〈傾城之戀〉的結論是："華彩過了骨幹，兩個主角的缺陷，也就是作品本身的缺陷。"他以道德眼光觀照范柳原，難怪沒有察覺到這個虛浮男子身處亂世的象徵意義。張愛玲以小說家筆法勾畫出T. S. Eliot詩作*The Hollow Men*（一九二五）中那些"空洞的人"的形象。Our dried voices, when / We whisper together / Are quiet and meaningless. "我們乾癟癟的聲音 / 一起低聲細語時 / 嗓音微弱，也空洞無聊。"

錢鍾書在《圍城》創造出來的方鴻漸是中國現代文學難得一見的人物。這個心腸本來不壞的"無用之人"，有幾分像意第緒（Yiddish）作家Isaac Singer（一九〇四至一九九一）筆下的schlemiel，渾渾噩噩，一事無成，言談舉止，總見一些傻氣（據高克毅〔喬志高〕）、高克永編《最新通俗美語詞典》，schlemiel解作"笨伯"）。要把這一個該說是窩囊廢，但還沒全"廢"的角色寫活，需要相當本領。錢鍾書在這方面成就非凡。如果我們把范柳原作為一個亂世的"空洞的人"來看，那麼傅雷眼中有關他行狀的種種敗筆，正是張愛玲塑造這"小智小慧"男人形象成功的地方。"你知道麼？"他笑着對流蘇說："你的特長是低頭。"又說："有些傻話，不但是要背着人說，還得背着自己。讓自己聽了也怪難為情的。譬如說，我愛你，我一輩子都愛你。"流蘇別過頭去，輕輕啐了一聲道："偏有這些廢話。"

The Hollow Men如此結尾："This is the way the world ends / Not with a bang but a whimper"，"世界就是如此終結的 / 沒有隆然巨響，只有一聲悲鳴。"我們記得，柳原跟流蘇在淺水灣酒店散步時，在一堵灰磚牆壁的面前，說過這麼一句話："有一天，我們的文明整個的毀掉了，什麼都完了——燒完了、炸完了、坍完了，也許還剩下這堵牆。"柳原不知到了地老天荒時流蘇和他會不會倖存下來，會不會有機會再見面。他人聰明、有錢、愛玩、有時間，既無打算要做些什麼"飛揚"的事救國救民，讓他在女人面前打情罵俏，說些廢話，顯其浪子本性之餘，也教我們看到作者不凡的身手。傅雷給范柳原看相，功力有所不逮的地方就在這裡：范柳原在故事中越是空洞無聊，越能看出張愛玲把這個角色的潛質發揮得淋漓盡致。

傅雷從結構、節奏、色彩和語言方面去鑒定〈金鎖記〉的成就，認為作品出神入化，收得住、潑得開，"彷彿這利落痛快的文字是天造地設的一般，老早擺在那裡，預備來敘述這幕悲劇的。"語言掌握得恰到好處，效果也就達到了"每句說話都是動作，每個動作都是說話"的水乳交融之境。把張愛玲小說的文字和技巧突出作焦點式的討論，在今天的學界是老生常談，但傅雷的文章成於還是"感時憂國"的四十年代。巴金在〈生之懺悔〉（一九三六）就說過，"許多許多人都借着我的筆來伸訴他們的苦痛了。……你想我還能夠去注意形式、佈局進行、焦點等等瑣碎的事情麼？"

傅雷要我們讀張愛玲的小說，應特別注意形式上的"種種瑣碎的事情"，因為一般作家"一向對技巧抱着鄙夷的態度，……彷彿一有準確的意識就能立地成佛似的，區區藝術更是不成問題"。這幾句話，是不是針對巴金而言，我們不知道，但據柯靈在〈遙寄張愛玲〉

（一九八四）一文所說，傅雷的文章原有一段涉及巴金的作品，他覺得"未必公允恰當"，乃利用編輯權力擅自刪了。其實，傅雷的話是否衝着巴金而來，對本文的論證並不重要。值得我們注意的是傅雷對作品文字和技巧之重視，在他所處的時代而言，可說開風氣之先。十多年後，夏志清在《中國現代小說史》內稱譽〈金鎖記〉為"中國從古以來最偉大的中篇小說"，立論的根據跟傅雷互相呼應。這就是說，張愛玲在這部小說中把文字和技巧這類"瑣碎"的細節處理得很好。夏志清特別推崇張愛玲運用意象的能力，認為她"在中國現代小說家中可以說是首屈一指的"。

除張愛玲外，夏志清還提到錢鍾書，說他"善用巧妙的譬喻"。我曾在〈兀自燃燒的句子〉一文，亦試跟隨許子東的榜樣，集中討論張愛玲"'以實寫虛'逆向意象"的文字，試就張愛玲和錢鍾書二家在意象和譬喻的經營上探其異同。我讀《圍城》，發現在錢鍾書的眼中，眾生沒有幾個不是愚夫愚婦的。他冷嘲熱諷的看家本領，由是大派用場。他張開天眼，"發現拍馬屁跟談戀愛一樣，不容許第三者冷眼旁觀"。天眼下的男女老幼、媸妍肥瘦，誰令這位才子看不過眼，都變成他尋開心嘲弄的對象。張愛玲筆下的人物，也沒有幾個可愛的，套用曹雪芹形容寶玉的話，他們"縱然生得好皮囊"，也多是"於國於家無望"的典型。但她處處留情，沒有把他們"看癟"。她在〈我看蘇青〉一文解釋說，身為小說家，她覺得有責任"把人生的來龍去脈看得清楚。如果先有憎惡的心，看明白之後，也只有哀矜"。

兩位作家除了在處理人物態度不同外，在意象和譬喻的用心上，手法也各有千秋。錢鍾書的"警句"，如"局部的真理"，你要看完鮑小姐出場的經過，特別是她衣着的特色，才會恍然大悟，啊，"局部的真理"原來是相對於"赤裸裸的真理"的另一種面貌。相對而言，張愛玲許多傳誦一時的句子，不依靠上文下義，也可以獨自燃燒，自發光芒。我相信沒有讀過短篇小說〈花雕〉的讀者，看到這樣的句子，也會震驚："她爬在李媽背上像一個冷而白的大白蜘蛛。"當然，如果我們知道，這"冷而白的大白蜘蛛"是川嫦，一個患癆病的少女，自知正一寸一寸地死去，相信更會增加感染力。但獨立來看，光想到爬在女人背上的是一個冷而白的蜘蛛，也教人悚然而慄。這恐怖的意象徹底顛覆了我們平日對母親背負嬰兒的溫馨聯想。

二

　　本文以〈張愛玲的散文〉為題，可是前面兩千多字，涉及的作品都是"傳奇"。這種安排出於實際考慮。光以量言之，散文是張愛玲的副產品。張愛玲的文名，是建立於小說之上的。如果她一生沒有寫過〈金鎖記〉和〈傾城之戀〉這樣的小說，我們今天會不會拿她的散文作"專題研究"？我們對一個作家副產品的重視，多少與"愛屋及烏"的心理有關。一般人大概是先迷上了錢鍾書的《圍城》，然後再看《寫在人生邊上》。在這方面魯迅可能是個例外。他的小說和雜文，以影響力和受重視程度而言，兩者不相伯仲，實難說哪一種是"副產品"。

　　張愛玲研究今天已成顯學，但正如金宏達所說，"遺憾的是，對其散文的品讀與解析，一直很少有人下氣力去做。"特別撥出篇幅討論她散文的，除了余凌外，我看到的還有周芬伶。他們的論點，我將在下面引述。繼傅雷之後，一語道破張愛玲作品特色的是譚惟翰。他在一九四四年八月二十六日的"《傳奇》集評茶會記"中發言：

　　　張女士的小說有三種特色，第一是用詞新鮮，第二色彩濃厚、第三譬喻巧妙。……不過讀張女士小說全篇不若

一段，一段不若一句，更使人有深刻的印象。把一句句句子
拆開來，有很多精彩的句子。讀她的作品，小說不及散文，
以小說來看，作者太注重裝飾，小動作等，把主體蓋住，而
疏忽了整個結構。讀其散文比小說有味，讀隨筆比散文更有
味。

　　譚惟翰認為張愛玲的散文比小說"更有味"，全屬私
人意見，不必為此"商榷"。值得注意的是，他欣賞的那
種拆開來的精彩句子，那種從字裡行間滲透出來的"細細
的喜悅"，幾乎只在小說的文本出現。譚惟翰讀張愛玲的
散文與隨筆，比小說更有味，證明〈金鎖記〉作者的另類
書寫一樣引人入勝。

　　跟譚惟翰同好的，還有賈平凹。他在〈讀張愛玲〉
一文開宗明義就說："先讀的散文，一本《流言》，一本
《張看》，書名就劈面驚艷。天下的文章誰敢這樣起名，
又能起出這樣的名，恐怕只有個張愛玲。……張愛玲的散
文短可以不足幾百字，長則萬言，你難以揣度她那些怪念
頭從哪兒來的，連續性的感覺不停地閃。"賈平凹的文章
成於一九九三年。他是先看散文後看小說的，由此可知張
愛玲的散文，自有一番風味，用不着靠小說建立的文名去
帶動。認為張愛玲的散文比小說更勝一籌的還有艾曉明。

她甚至還認為"張愛玲散文更甚於小說,小說不是篇篇都好,但散文則好的居多。張愛玲談書、談音樂、談跳舞,還有〈更衣記〉、〈洋人看京戲及其他〉這些談文化、風俗的散文最是可觀,其中不止是妙語如珠,還有豐富的知識和分析特點,不是光憑才氣就寫得出來的。"

我花了這麼大的篇幅去引文,無非想說明一點:張愛玲的散文,雖然不及"傳奇"小說那麼風靡一時,但正如余凌所說,《流言》所收那種近乎何其芳《畫夢錄》"獨語"體的散文,已在文字和內容上"奏出了四十年代中國散文的一闋華美的樂章"。如果她"黃金時代"的寫作生命不是區區兩三年,如果散文的產量像小說那麼豐富,那麼張愛玲作為散文家的地位,應可躋身於周作人、梁實秋和林語堂之間。不是為了跟他們爭一日長短,只是為了取得她在現代中國散文史中應有的地位。看來張愛玲散文"回歸"、從邊緣漸漸移向"中心"的跡象,日見明顯。陳平原、錢理群和黃子平三位在一九九二年構想的那套"漫說文化叢書",是十卷"主題散文"選集,內有六卷收了張愛玲的作品。一九九九年人民文學出版的《中華散文百年精華》,收了張愛玲的〈更衣記〉。這些發展,讓我們對她散文另眼相看的"少數派"自我感覺良好,不會覺得自己做的是"本末倒置"的事。

　　張愛玲的散文，有哪些地方可圈可點？才十三歲的小姑娘，已在《風藻》發表了第一篇散文〈遲暮〉（一九三三）。腔調老氣橫秋，但文字脫不了初中生的八股，什麼"春神足下墮下來的一朵朵的輕雲"啦、"時代的落伍者"啦、"朝生暮死的蝴蝶"啦，這些"套語"，連番出現。張愛玲一鳴驚人的創作應是一九三九年發表於《西風》的〈天才夢〉。這是她散文的"自白體"，跟〈童言無忌〉（一九四四）和〈私語〉（一九四四）同一類型。一開始就先聲奪人："我是一個古怪的女孩，從小被目為天才，除了發展我的天才外別無生存的目標。"這種腔調，的確是"語不驚人誓不休"。接下來她告訴我們她"不會削蘋果"，在一間房裡住了兩年，依舊不知電鈴在哪兒。天天坐黃包車上醫院去打針近三個月，仍然不認識那條路。最能顯出張愛玲散文本色、一洗〈遲暮〉酸氣的，是結尾那句話："生命是一襲華美的袍，爬滿了蚤子。"

　　周芬伶在〈在艷異的空氣中——張愛玲的散文魅力〉一文說得好，她的"散文結構是解甲歸田式的自由散漫，文字卻是高度集中的精美雕塑，她的語言像纏枝蓮花一樣，東開一朵，西開一朵，令人目不暇給，往往在緊要的關頭冒出一個絕妙的譬喻……""生命是一襲華美的袍，爬滿了蚤子"就是這樣"冒"出來的。依組織的紋理看，這句法好像跟上文沒有什麼關係，但也正因如此，我們閱讀時才會產生措手不及的感覺。這些教賈平凹難以揣度的"怪念頭"，正是張愛玲散文中"細細的音樂"。

夏志清在《中國現代小說史》中介紹張愛玲與別人不同的藝術感性時，用〈談音樂〉（一九四四）作例子，選對了樣板。此文成於張愛玲寫作生涯的全盛時期，亦是"自白"文章一篇重要作品。她一開始就讓你對她好生詫異："我不喜歡音樂。"前面說過〈花雕〉中李媽揹上川嫦的意象顛覆了我們對母親背負嬰兒的溫馨聯想。〈談音樂〉中有不少自白，也有類似的顛覆效果。一般人受不了的東西，她都喜歡，"霧的輕微的霉氣，雨打濕的灰塵，蔥、蒜，廉價的香水"。汽油味撲鼻難聞，汽車發動時，她卻故意跑到汽車的後面，等待發動時發出的聲音和氣味。

這種與常人大異其趣的感性和好惡，我們可不可以當真？這一點將在下文討論。先借用西方文學批評一個術語來解釋張愛玲文字的"顛覆性"。這個術語就是defamiliarization，簡單地說就是把我們熟悉的、自以為是的和約定俗成的觀感與看法通過"陌生化"。"陌生化"（defamiliarization）是俄國"形構主義"（formalism）

理論家史克羅夫斯基（Viktor Shklovsky，一八九三—？）引進到文學批評的一個術語。"陌生化"是藝術上一種技巧，使讀者或觀賞者對一些熟悉的、習以為常的事物突然產生新鮮的、前所未有的感覺〔見J. A. Cuddon, *A Dictionary of Literary Terms and Literary Theory*, 3rd ed. (Oxford: Basil Blackwell, 1991), p.226.〕。這種手法，用意象來傳遞，三言兩語就可以收到"陌生"的效果。胡蘭成在《民國女子》中說他初讀〈封鎖〉，"才看得一二節，不覺身體坐直起來，細細地把它讀了一遍又讀一遍"。

透過張愛玲的眼睛，我們在〈封鎖〉第一段就看到好些熟悉變為陌生的形象："在大太陽底下，電車軌道像兩條光瑩瑩的，水裡鑽出來的曲蟮，抽長了，又縮短了，……"我們看到在大學任英文助教的吳翠遠，長得不難看，"可是她那種美是一種模棱兩可的，彷彿怕得罪了誰的美"。這種說法，已夠陌生了，更陌生的是她的手臂，"白倒是白的，像擠出來的牙膏。她的整個的人像擠出來的牙膏，沒有款式"。這類玲瓏剔透，既陌生而又冷峭的意象，穿插〈封鎖〉各段落。李白說"君不見黃河之水天上來"，是把黃河水陌生化了。在李商隱把"滄海"、"月明"和"珠有淚"湊合成互為因果前，我們實在沒有把這三個意象混在一起作聯想的習慣。前人把意象新奇的句子說是"險句",實在有理。

鴛鴦蝴蝶派形容女人手臂,離不開陳腔濫調,總說"玉臂生寒"或什麼的。張愛玲絕不濫情,因此在她筆下女人手臂看似擠出來的牙膏,真是陌生得很。這些"險句",成了張愛玲文體的"註冊商標",在〈金鎖記〉中出現得更多不勝數。險句和教人眼前一亮的意象的營造,需要非凡的想像力,自不待言,但以張愛玲的例子看,一個作家寫成傳世之作,單靠天份和才氣還不夠,還要加上天時地利人和。

柯靈在〈遙寄張愛玲〉說得最中肯:"我扳着指頭算來算去,偌大的文壇,哪個階段都安放不下一個張愛玲;上海淪陷,才給她機會。日本侵略者和汪精衛政權把新文學傳統一刀切斷了,只要不反對他們,有點文學藝術粉飾太平,求之不得,……抗戰勝利以後,兵荒馬亂,劍拔弩張,文學本身已經成為可有可無,更沒有曹七巧、流蘇一流人物的立足之地了。張愛玲的文學生涯,輝煌鼎盛的時期只有兩年(一九四三至一九四五)是命中注定。"

看來只有在"孤島"時期的上海,張愛玲才可以"童言無忌"。柯靈說的,果然不錯,她一九四五年後的小說與散文,比起《傳奇》和《流言》這兩個集子的水準,黯然失色。張愛玲"到底是上海人"。離開上海後,她在別的地方應該還有機會聽到市聲和電車聲，但恐怕再看不到電車"回家"的景象了。電車進廠時"一輛銜接一輛，像排了隊的小孩，嘈雜、叫囂，愉快地打着啞嗓子的鈴：'克林，克賴，克賴，克賴！'吵鬧之中又帶着一點由疲乏而生的馴服，是快上床的孩子，等着母親來刷洗他們"。

　　這篇題名〈公寓生活記趣〉成於一九四三年，也是《流言》中的一篇精品。張愛玲告訴我們，較有詩意的人要在枕上聽松濤，聽海嘯入睡，而她是"非得聽見電車聲才睡得着覺的"。回廠的電車看成排隊回家的小孩，除了顯出作者點石成金的想像力外，還可感受到她在熟悉的生活環境中寫作時所流露的自信和自在。〈沉香屑——第二爐香〉（一九四三）說到香港大學英籍講師羅傑·白登，婚變後，獨自一人坐在海灘上自悲身世，覺得"整個的世界像一個蛀空了的牙齒，麻木木的，倒也不覺得什麼，只是風來的時候，隱隱的有一點痠痛"。這又是一個天衣無縫的譬喻。這種譬喻，這種險句，如七寶樓台採下來的彩石，嵌在張愛玲文字的縫隙間透發異光。她離鄉別井後的著作，再難看到這種別開生面的句子了。甚至可以說，險句和別開生面的意象既然是她文體的標幟，因此只要看她一篇作品中"異光"出現次數的多寡，就可以推算出這篇作品是否vintage的張愛玲。

在陳思和看來，張愛玲的一大貢獻是"突出地刻畫了現代都市經濟支配下的人生觀：對金錢慾望的癡狂追求"。陳思和覺得魯迅雖然在〈傷逝〉反映出經濟保障愛情的重要性，"但這些主題並沒有得到很好的發揮"。錢操縱張愛玲小說主角的命運，例子多的是。不為錢，七巧不會甘心戴上"金鎖"，斷送青春。不為錢，流蘇不會狼狽得如喪家之犬，急着嫁人找個歸宿。在散文的天地中，張愛玲來個現身說法，決定展露自己的"肚臍眼"，在〈童言無忌〉就"錢"、"穿"、"吃"、"上大人"和"弟弟"這幾個私人空間向讀者傾訴一番。她說"抓周"時，拿到的是錢，但家中一個女傭人卻說她抓到的是筆。以下是她自己的話：

但是無論如何，從小似乎我就很喜歡錢。我母親非常詫異地發現這一層，一來就搖頭道，"他們這一代的人……。"我母親是個清高的人，有錢的時候固然絕口不提錢，即至後來為錢逼迫得很厲害的時候也還把錢看得很輕。這種一塵不染的態度很引起我的反感，激我走到對立面去。因此，一學會了"拜金主義"這名詞，我就堅持我是拜金主義者。

　　張愛玲自認是個事事講求"實際生活"的小市民。她母親係出名門，自少感染士大夫氣習，把錢財視為"阿堵物"，不足為怪。陳思和肯定張愛玲"現象"是中國現代文學一大突破，借用蔡美麗在〈以庸俗反當代〉一文的話說，活躍於三十年代的作家，忙着啟蒙與救亡，有時忘了"人活着，靠的是吃穿"。這也是陳思和認為張愛玲作品的一大特色："她喋喋不休地談性論食，開拓了文學領域裡的私人生活空間，同時也迎合了專制體制下的市民有意迴避政治的心理需要，她使原來五四新文學傳統與廟堂文化的相對立的交叉線，變成了民間文化的並行線。"

　　〈童言無忌〉沒有什麼文彩，通篇也沒有什麼驕人的句子。令我們感到"陌生"的是一些觀念。像"從小似乎我就很喜歡錢"這句話，對今天的讀者說來，可說卑之無甚高論，但對她母親那一代人而言，的確教人側目。由此我們可以認識到，張愛玲散文吸引讀者的地方，除文字本身外，還因為她的意念離經叛道。在〈詩與胡說〉（一九四四）中她一點也不留情面地說："聽見顧明道死了，我非常高興，理由很簡單，因為他的小說寫得不好。……我不能因為顧明道已經死了的緣故原諒他的小說。"顧明道該死，就因為他的小說不好。一個人值不值得讓他活下去，全靠他的作品好壞來決定，這種說法，相當不近人情。

〈燼餘錄〉（一九四四）是張愛玲回到上海後追記在日軍佔領下在香港過的那一段日子。跟〈童言無忌〉一樣，這也是一篇文字平平但發人深思的"自白"長文。裡面好些看法，的確與別不同。"人生的所謂'生趣'全在那些不相干的事，"她說："能夠不理會的，我們一概不理會。出生入死，沉浮於最富色彩的經驗中，我們還是我們，一塵不染，維持着素日的生活典型。"為了要吃飯，張愛玲休戰後在大學堂臨時醫院做看護。病房中，

有一個人，尻骨生了奇臭的潰爛症。痛苦到了極點，面部表情反倒近於狂喜⋯⋯眼睛半睜半閉，嘴拉開了彷彿癢絲絲抓撈不着地微笑着。整夜她叫喚："姑娘啊！姑娘啊！"悠長地，有腔有調。我不理。我是一個不負責任的，沒良心的看護。我恨這個人，因為他在那裡受磨難。

病人問她要水，她說沒有，又走開了。一天破曉時分，病人終於走了，眾護士"歡欣鼓舞"。有人用椰子油烘了一爐小麵包慶祝。"雞在叫，又是一個凍白的早晨。我們這些自私的人若無其事地活下去了。"陳思和讀〈燼餘錄〉，驚識張愛玲"抱着貴族小姐的惡劣情緒對待港戰

中傷員的態度，竟沒有半點自責與懺悔"。他並沒有"責備"張愛玲之意，只想把這事件放在都市民間文化形態的背景上看張愛玲現象，"指出這種種豐富複雜的文化內涵，既是張愛玲個人的獨特之處，又是都市民間文化形態的複雜性所共有的。"

張愛玲在〈燼餘錄〉的文字，讀來像是一種"倖存者"（the survivalist）的宣言。香港淪陷後，她重新發現"吃"的喜悅。"我們立在攤頭上吃滾油煎的蘿蔔餅，尺來遠腳底下就躺着窮人的青紫的屍首。"她在〈打人〉（一九四四）中向我們坦白，承認自己"向來很少有正義感。我不願意看見什麼，就有本事看不見"。因此她在吃蘿蔔餅時能夠對腳底下的屍體視若無睹。因此她覺得顧明道的小說寫得不好，就該死。

張愛玲的心腸這麼"狠"，最常用的解說就是童年因受遺少型父親的虐待造成的創傷。她在〈私語〉（一九四四）中流盡了不少"哭給自己看"的眼淚。他父親對她拳腳交加之餘，還揚言要用手槍打死她。她舉頭看到"赫赫藍天"上的飛機，就希望有個炸彈掉在她們家，大家同歸於盡。但從文學的觀點看，我們不必以她不幸的童年解說她的作品，因為童年幸福的作家，一樣可以寫出狠心腸的作品。張愛玲寫的，不是丘浚（一四二一至一四九五)《五倫全備》這類父慈子孝的教化劇。她描繪的人生百態,正如王國維(一八七七至一九二七)所說,"可信者不可愛"。她恨那位尻骨潰爛的病人,因為他整天呻吟,也發奇臭,她不願看見,也被迫聽到、看見。他活着一天,就教她不舒服一天。因此他一斷氣,大家就跑到廚房慶祝。這景象,一點都不可愛,但因在亂世,人死是平常事,就相信了。

<h2 style="text-align:center">三</h2>

張愛玲這麼"狠"、這麼"貪財",是不是true confession?我們應不應把她的話當真?這本來跟她作品本身的好壞無關,但因她熟讀《紅樓夢》,對自己的處境的真真假假有時自己也搞糊塗了。說不定有時她真的真假難分。〈童言無忌〉露了一點蛛絲馬跡:

有天晚上,在月亮底下,我和一個同學在宿舍的走廊上散步,我十二歲,她比我大幾歲。她說:"我是同你很好的,可是不知道你怎樣。"因為有月亮,因為我生來是一個寫小說的人,我鄭重地低低說道:"我是……除了我的母親,就只有你了。"她當時很感動,連我自己也感動了。

　　照這樣看，我們不能把張愛玲連自己也“感動”的話也當真了。她五歲時，母親不在中國，她父親的姨太太給她做了頂時髦的雪青絲絨短襖長裙，跟她說：“看我待你多好！你母親給你們做衣服，總是拿舊的東拼西改，哪兒捨得用整幅的絲絨？你喜歡我還是喜歡你母親？”張愛玲答道：“喜歡你。”後來她想起這件事，覺得耿耿於心，“因為這次並沒有說謊”。看來不但小說家言不能作準，散文家的“私語”，有時也不可靠。張愛玲一再在作品宣稱自己是個拜金主義者，愛財如命，但以她在實際的人生留下的紀錄看，她不見得是個見利忘義、“大小通吃”的人。胡蘭成被國民政府通緝亡命那段日子，她用辛苦賺來的版稅稿費接濟他。初會水晶時，她送了一大瓶Chanel香水給他太太。

　　從她給蘇偉貞的一封信中，我們可看到她更可貴的一面：非份之財，一介不取，事緣台灣《聯合報》副刊刊登了電影劇本《哀樂中年》後，蘇偉貞寄了給她看，要付稿費給她，她才“想起這片子是桑弧編導，我雖然參與寫作過程，不過是顧問，拿了些劇本費，不具名。事隔多年完全忘了，以致有過誤會。稿費謹辭，如已發下也當璧還。希望這封信能在貴刊發表，好讓我向讀者道歉”。

　　這封信，除了讓我們看到張愛玲不取非份之財外，也看到了她不肯欺世盜名正直的一面。她給朋友和"關係人"報道自己的生活片段，寫的是書信，不是小說或散文，因人證物證俱在，不存在真真假假的問題。一九九五年九月十日《聯合報》副刊刊登了一篇平鑫濤署名的紀念文章，說撇開寫作，張愛玲"生活非常單純，她要求保有自我的生活，選擇了孤獨，不以為苦。對於聲名、金錢，她也不看重。……對於版稅，她也不大計較，我曾有意將她的作品改拍為電視劇，跟她談到版稅，她回說：'版權你還要跟我說嗎？你自己決定吧。'"平鑫濤當時是皇冠出版社的發行人。

　　張愛玲研究，方興未艾。那一天她給夏志清和宋淇（一九一九至一九九六）夫婦歷年的書信全部公開後，有興趣"索隱"的學者，不愁沒資料。要周詳地探討張愛玲的才華與天份，除了研究她的電影劇本外，更可考慮兼顧張愛玲的英文著作和她的翻譯。除了翻譯英美文學名著外，她更翻譯過不少自己的作品，如〈金鎖記〉。艾曉明說張愛玲的小說不是篇篇都好。其實散文亦如是。前面說過，離鄉別井後的張愛玲，已失去昔日的華影，punch line 式的陌生化和險句，已不多見，但張愛玲到底是張愛玲，"敗筆"也有特殊風味。別的不說，就拿她一九八八年的長文〈談吃與畫餅充飢〉來說吧，一開頭就看到她"損"周作人："周作人寫散文喜歡談吃，……不過他寫來寫去都是他故鄉紹興的幾樣最節儉清淡的菜，除了當地出筍，似乎也沒有什麼特色。炒冷飯的次數多了，未免使人感到厭倦。"

每次讀《故鄉的野菜》，唸着薺菜、黃花麥和紫雲英這些名字，口裡就淡出鳥來。起初以為自己沒文化，現在看到張愛玲也這麼說，可見周作人故鄉的野菜，沒吃到也不算什麼遺憾。張愛玲遠適異國，終身不離少女時代"異見份子"姿態，煞是可愛。

（本文係香港科技大學包玉剛傑出講座公開演講之講稿，曾於二〇〇五年十月十六日於香港中央圖書館演講廳宣讀。承香港科技大學人文社會科學學院署理院長鄭樹森教授授權發表，特此致謝。）

褪色的玫瑰

　　以小說藝術言，〈封鎖〉、〈金鎖記〉和〈傾城之戀〉已達至境。這三篇小說恰巧都在一九四三年刊出，張愛玲那年是二十三歲。"出名要趁早呀"，張愛玲做到了。出道才一年，已"藝驚四座"。往後的作品，夠得上這水準的，沒有幾篇。次年出版的〈紅玫瑰與白玫瑰〉緊接〈傾城之戀〉餘緒。缺少的是范柳原和白流蘇依偎在一起時透發的那份頹唐的生命力。佟振保不是范柳原。他在英國半工讀拿到學位後就回國，在外商染織公司做事，是個安份守己的人。誰料這個老實人，寄居朋友家時，男主人因公出差第二天，他就跟女主人搭上了。

　　……振保笑道："你喜歡忙人？"嬌蕊把一隻手按在眼睛上，笑道："其實也無所謂，我的心是一所公寓房子。"振保笑道："那，可有空的房間招租呢？"嬌蕊可不答應了。振保道："可是我住不慣公寓房子。我要住單幢的。"嬌蕊哼了一聲道："看你有本事拆了重蓋！"振保又重重的踢了她椅子一下道："瞧我的罷！"

042~
043

這種"范柳原體"的油腔滑調，出於振保口中，聽來有點像鸚鵡學舌。范柳原是華僑子弟，老子有錢，衣食無憂，流蘇又是他囊中物，說話要怎麼輕薄就怎麼輕薄。但振保是上班族，在英國讀書時又有坐懷不亂之美譽。當然，千不該萬不該的是嬌蕊先挑逗他，但怎樣說她也是朋友妻啊。這柳下惠怎麼給人家三言兩語就壞了貞節？

振保的人物性格前後不一致，俏皮話聽起來就顯得荒腔走板。嬌蕊是個連自己名字的"蕊"也要分成三個"心"字才寫得出來的華僑女子，胸無點墨，竟能操着文藝腔跟振保打情罵俏，也教我們感到詫異。〈紅玫瑰與白玫瑰〉的冗文也多。振保和嬌蕊在街頭巧遇艾許老太太那一節，長達二千字，空言泛泛，無關宏旨。反觀〈封鎖〉或〈金鎖記〉文字生生相息，隻字難移。

張愛玲以警句見稱。"整個世界像一個蛀空了的牙齒，麻木木的，倒也不覺得什麼，只是風來的時候，隱隱的有一點痠痛。"這個出自〈沉香屑——第二爐香〉的句子，橫看豎看，教人過目不忘。細讀〈紅玫瑰與白玫瑰〉，總也找不到這種意象鮮明的punch line。振保跟嬌蕊分手後，自己結了婚，她也嫁了人。多年後在公車上相遇，互道平安後，振保在回家的路上看到：

　　藍天飄着的小白雲，街上賣笛子的人在那裡吹笛子，尖柔扭扭的東方的歌，一扭一扭出來了，像繡像小說插圖裡畫的夢，一縷白氣，從帳子裡出來，脹大了，內中有種種幻境，像懶蛇一般地舒展開來，後來因為太瞌睡，終於連夢也睡着了。

　　連夢也睡着了？任何人筆下出現這種句子，都是敗筆，更何況是以營造意象譬喻獨步文壇的張愛玲。這類"意"和"象"配搭失調的敗筆，在這篇小說中一再出現。振保的老同學王士洪快要回家。他和嬌蕊的關係快告一段落。一天晚上，嬌蕊在床上偎依着他。他睡不着，摸黑點了支煙抽着。她伸手摸索他的手，告訴他不要擔心，因為她會好好的。"她的話使他下淚，然而眼淚也還是身外物。"

　　眼淚是身外物？這句話跟振保目前的處境拉不上什麼關係。我們且看〈封鎖〉裡的吳翠遠在呂宗楨眼中是什麼一副模樣："他不怎麼喜歡身邊這女人。她的手臂，白倒是白，像擠出來的牙膏。她的整個的人像擠出來的牙膏，沒有款式。"這個譬喻，貼切不過，因為這個看來像是教會派的少奶奶，"長得不難看，可是她那種美是一種模棱兩可的，彷彿怕得罪了誰的美，臉上一切都是淡淡的，鬆弛的，沒有輪廓"。對比之下，"眼淚也還是身外物"之說就顯得不知所云了，像是為了要說機鋒話而拚命擠出來的機鋒。

出現在振保生命中的女子，除了嬌蕊和太太孟煙鸝外，還有巴黎妓女和中英混血兒玫瑰。這兩位都是過場人物，落墨不多，印象也模糊。振保泡上"精神上還是發育未完全"、水性楊花的嬌蕊，因為他覺得不必對她負責任。誰料這個"名聲不好"的playgirl，認識振保後，決定改過自新，跟振保一輩子。振保呢，怕遭物議，及早抽身，打了退堂鼓。

振保沒有一沉到底，游離於善惡之間，因此是個游離份子。任性慣了的嬌蕊，突如其來的要釘着振保託終身，雖然不是絕對的impossible，但實在相當improbable。看來張愛玲對這兩個寶貝角色的性格，也不是十拿九穩，手足無措之餘，才會出現像"連夢也睡着了"這種渾渾沌沌的描述。

張愛玲在這故事拿得最準的人物是佟門怨婦孟煙鸝。這個跟丈夫出門時永遠走在後面的女子，是振保母親託人介紹嫁過來的。她相貌平庸，資質不高，兼又笨手笨腳，日子久了，婆婆和丈夫也不留面子，常常當着下人面前教訓她，說什麼"人笨凡事難"的。找不到跟她說話或聽她說話的人，她只好聽收音機。振保認為這是好事，現代主婦嘛，聽聽新聞，學兩句普通話也好。他有所不知的是，他太太打開收音機，"不過是願意聽見人的聲音"。描寫人的寂寞、孤獨、無告是張愛玲的看家本領。以下這段文字，堪與〈金鎖記〉一些段落相比擬：

　　煙鸝得了便秘症，每天在浴室裡一坐坐上幾個鐘頭——只有那個時候可以名正言順的不做事，不說話，不思想，其餘的時間她也不說話，不思想，但是心裡總有點不安，到處走走，沒著沒落的，只有在白天的浴室裡她是定了心，生了根。她低頭看着自己雪白的肚子，白皚皚的一片，時而鼓起來些，時而癟進去⋯⋯。

　　用"便秘"的意象來側寫一個獨守空幃女子的苦況，也虧張愛玲想得出來。"她低頭看着自己雪白的肚子"，透着一種"卻下水晶簾，玲瓏望秋月"的凄清幽冷，所謂"哀而不傷"境界也不過如此。令人遺憾的是，這種情景合一的描述，在〈紅玫瑰與白玫瑰〉中，並不多見。張愛玲在一九四三年出版的小說，還有〈沉香屑——第一爐香〉、〈沉香屑——第二爐香〉、〈茉莉香片〉、〈心經〉和〈琉璃瓦〉五篇。我猜想這一年發表的八篇小說，應該是早已寫好的。——發表後，成了大名，各方稿約紛至沓來，窮於應付，文字再不能像以前那麼琢磨了。實情是否如此，我們不知道。我們可以肯定的是，如果拿〈封鎖〉、〈金鎖記〉和〈傾城之戀〉的成就來衡量，〈紅玫瑰與白玫瑰〉是一篇失水準之作。

張愛玲的知音

　　初讀張愛玲小說的讀者，尤其是早期的作品，無不為她出眾的才華所傾倒。〈金鎖記〉等名篇一九四三年在上海刊物連載時，傅雷看到，隨後用筆名迅雨寫了〈論張愛玲的小說〉一文，稱譽這篇小說利落痛快的文字，彷彿是"天造地設的一般，老早擺在那裡，預備來敘述這幕悲劇的"。

　　薄幸郎胡蘭成，躺在籐椅上初讀〈封鎖〉，"才看了一二節，不覺身體便坐直起來，細細地把它讀完一遍又一遍"。寫《張愛玲傳》的宋明煒，還在中學生時代，初讀〈半生緣〉，已"彷彿突然看到了整個人生中的陰慘與絕望"。進大學後，他讀了能找到的她的和有關她的所有著作，私下許願要為她寫一本傳記。他要弄明白的是："究竟是怎樣的經歷使她在作品裡把人生寫得如此絕望。"

　　宋明煒要寫的是傳記，當然要知道張愛玲為人怎樣。胡蘭成在《今生今世》中說她"從來不悲天憫人，不同情誰，……她非常自私，臨事心狠手辣"。這些話，說得很重。不錯，張愛玲自己也承認，她"向來很少有正義感"（〈打人〉），因為她"不願意看見什麼，就有本事看不見"。但我們應該知道的是一向"愛財如命"的"臨水照花人",在胡蘭成被通緝落難時,不斷地照顧他的生活。一九四七年正式跟他決裂,還寄了他三十萬元。

張愛玲一九五六年在美國嫁的洋丈夫,不但兩袖清風,晚年更半身不遂,生活靠太太賣文挹注。但我們的"祖師奶奶"並沒有對他撒手不管。這樣一個人,怎好說是"心狠手辣"?大以尋常眼光看,張愛玲確是個不好相處的人。她早在〈天才夢〉交代過了:"在待人接物的常識方面,我顯露驚人的愚笨。……在沒有人與人交接的場合,我充滿了生命的歡悅。"

如果不是為了生活,迫得她跟陌生人打交道,張愛玲絕對可以遺世獨立過一輩子。她在給朱西寧的一封信說,自己是個"一句話還沒說完,已經覺得多餘"的人。她晚年在美國那段長長的日子,處處受到知音朋友和晚輩照顧。知音夏志清教授,對她恩重如山,寫介紹信求差事,代接洽出版社,給她的幫忙,可說無微不至,竟沒想到他一九八五年給她的信,她等到一九八八年才拆開來看。不拆信的理由多多,但無論如何總是不近人情。

張愛玲離開柏克萊移居洛杉磯時,房子是我老同學莊信正夫婦幫她找的。進門的第一件事,祖師奶奶就"一本正經"對殷勤熱情的女管理員說:"我不會說英文。"知音晚輩莊信正夫婦幫她把細軟安頓好後，"臨別時，她很含蓄地向他們表示，儘管她也搬到洛杉磯來了，但最好還是把她當成是住在老鼠洞裡，她的言外之意就是'謝絕來往'。"

她雖然有跟世人"謝絕來往"的打算，但遇到"感冒、積食不消化、眼鏡找不到、搬家、書籍丟失"等現實生活問題時，幸得各路知音及時施以援手。近讀陳子善等"張迷"編成的資料，發覺在"才女"生命各階段幫過她忙的，除胡適、宋淇（林以亮）和夏志清外，還有不少古道熱腸的晚輩。這些義行，正好是文人惺惺相惜的寫照。他們對張愛玲無所求，有時還得"逆來順受"，熱心幫她忙，只為了憐才。

讀《離騷》，可以猜想自稱"紛吾既有此內美兮，又重之以修能"的屈子，也是一個不好服侍的人物。張愛玲在這方面倒可愛，沒有自吹自擂的習慣。她的怪癖，生來如此，你喜歡她的文字，其他方面就不好計較了。跟她交往，如果沒有什麼當務之急要處理，那就由她"怪"去吧，但碰到十萬火急的事，那真的投訴無門。她的住址對所有人保密。跟她通信，要寄到她的郵政信箱，但有時她一年也不會去看信箱。

據宋明煒所記，皇冠出版社有時因急事要找她，發傳真到她住所附近的一家雜貨店,但往往要等二三十天她才到雜貨店買東西。由此可知,做張愛玲知音可以,卻不能跟她有什麼"業務"關係。一九六九年因夏志清推介,她拿到柏克萊加大陳世驤教授主持的中國研究中心的合約,研究大陸政治術語。據說陳教授對她的表現很不滿意,但因愛才,也沒有難為她。一九七一年五月陳世驤心臟病逝世。事隔一月,張愛玲便被解聘了。大概因受陳教授這個知音的呵護,她才可以在暮色蒼茫時分現身"上班"。辦公室已空無一人。她自成天地,留到午夜才回自己的"老鼠洞"。

小說家言,看來的確不能當真。〈童言無忌〉(一九四四)有這麼一段話:"有天晚上,在月亮底下,我和一個同學在宿舍的走廊上散步,我十二歲,她比我大幾歲。她說:'我是同你很好的,可是不知道你怎麼樣。'因為有月亮,因為我生來是一個寫小說的人,我鄭重地低低說道:'我是……除了我的母親,就只有你了。'她當時很感動,連我也被自己感動了。"

一九九一年張愛玲預立遺囑,指定建築師林式同為遺囑執行人,宋淇夫婦全權處理她身後的一切稿件、遺物、財產和版權事宜。從這麼一個蒼涼的手勢可以看到,張愛玲"云空未必空",留在世上一天也恰如其分的做了俗人，辦了俗務。她在遺囑中要求死後骨灰撒在任何"蒼涼"的地方。林式同隨同治喪小組成員張錯、張信生和高全之等人，乘船出海到距離加州海岸三海里處撒佈骨灰。這些人跟死者無親無故，也絕不可能跟她在月下散過步，聽她訴說過"除了我的母親，就只有你了"。但他們對她，執的是弟子之禮，原因就是為了憐才。細細想來，張愛玲一生拒人於千里，晚年能得知音如此侍奉，真是福氣。

因為文人相輕的"逸事"聽得太多，此文特意選了另一角度說說文人相惜的故事。文人相輕時說的話，比"潑婦罵街"還要刻薄。手頭剛有六月號的《印刻文學生活誌》，且看黃燦然在〈經理和送毒粥〉一文中的大作家福納克怎麼"損"另一大作家亨利·詹姆斯："他是我所見最好心的老女士。"胡蘭成"損"對自己有恩情的女人，用詞比福納克更刻薄。真不懂張愛玲為什麼還"愛"上他，想來也是為了"憐才"吧。

另類張愛玲

張愛玲在上海"紅得發紫"那年代,狗仔隊尚未誕生,否則我們臨水照花的閨女作家,跟胡蘭成相處的時候,時刻都有被"踢爆"的可能。一九五二年她拿了香港大學給她的復學證明書離滬抵港,靠翻譯美國文學作品為生。較為五十年代港人熟悉的作家,不外是俊人、傑克、平可和"千面小生"高雄。香港人有過"傾城"之痛,當然也熱熱烈烈地戀愛過,但有機會讀過張愛玲風靡上海一時的〈傾城之戀〉的,想萬中無一。

這也好,可以讓她冷清清過自己想過的生活。那時候有緣"識荊"的是宋淇先生夫婦。宋先生"到底是上海人",書香世家,移居香港前早就讀過她的小說,是她的"粉絲"。五十年代宋先生在國際電懋影業公司工作,負責審查劇本。因工作的關係,認識不少當時的"艷星",其中最"艷"的那位是他在〈私語張愛玲〉一文稱為"紅得發紫的天王巨星"李麗華。她"到底"也是一個上海人。

天王巨星知道宋淇跟張愛玲相熟,央他介紹見一次面,因為"她聽說愛玲性情孤僻,絕不見生客",因此託他安排。好不容易約定了時間在宋家見面。"那天下午，李麗華特地從九龍過海來我家，打扮得非常漂亮，說話也特別斯文，等了相當久，愛玲才施施然而來。她患深度近視，又不肯戴眼鏡，相信李麗華在她眼中只不過是一片華麗的光影。坐了沒多久愛玲託詞有事，連我們特備的茶點都沒吃就先行告退了。"

張愛玲在天王"艷"星面前，一點也不驚艷，為文人爭光，好嘢！好嘢！怪不得胡蘭成有此名言："就是最豪華的人，在張愛玲面前也會感到威脅，看出自己的寒傖。"張愛玲雖然沒有跟李麗華久談，印象卻深刻。第二天跟宋淇夫婦見面時，說到李麗華在她心中"漸漸變成立體了。好像一朵花，簡直活色生香。以前只是圖畫中的美人兒，還沒有這麼有意思。"

後來宋先生跟李麗華弟弟聊天，告訴他這番話。李先生搖搖頭說張愛玲可以欺其方。"究竟是書呆子！"他對宋淇說："她要是看見我姐姐早上剛起床時的清水面孔，就不會這麼說了。"能給我們這樣側寫張愛玲私人生活的人不多。他弟弟子靜和姑姑當然可以，但也只限於她在上海成長的階段。她在香港生活短短的兩三年，有資格說話的，大概也只有宋氏夫婦。到美國後，她跟夏志清教授往來的時間最長。這裡說"往來"，也僅限於書信。夏先生三十年來跟她坐下來談的機會，我想反而不及宋氏夫婦在一兩年內那麼多。夏志清跟張愛玲書信往來，積下一百五十多封。夏先生最近來信說，這些信件已給南加州大學"搶購"去了。

這些信件，台灣《聯合文學》整理出版後，將會是張愛玲研究一大寶藏。除幫助我們了解"側面"的張愛玲外，還可以藉此解開她作品中一些真真假假的問題。受過西方文學批評訓練的人，都曉得在月旦作品時，不應把作家的生平跟小說家言混為一談。曹七巧也好、小艾也好，都不跟張愛玲拉上風馬牛的關係。

小說家言固不足信，那麼"自白"式的散文呢？張愛玲在《流言》中跟我們推心置腹，說了好些"私隱"，特別是她跟父母的關係。像曹七巧說的，"什麼是真的？什麼是假的？"在〈童言無忌〉（一九四四）中，她大言不慚地說過，"一學會了'拜金主義'這名詞，我就堅持我是拜金主義者。"類似的話，一再在她的散文中出現。在〈我看蘇青〉（一九四四）中，她說她姑姑常常覺得奇怪，不知她從哪裡來的"一身俗骨"。原因是，對於錢，她"比一般文人要爽直得多"，毫不諱言自己是拜金的人。

如果我們深信"散文家言"不疑，那麼現實生活中的張愛玲，該一毛不拔、視財如命，損人利己的了。從目前看到的她給其他人的有限信件中，祖師奶奶似乎不是這種人。在她致《聯合報》副刊編輯蘇偉貞的一封信中，我們看到一個"另類"張愛玲。事緣副刊刊登了電影劇本《哀樂中年》後，蘇偉貞寄了給她看，要付她稿費，她才想起這片子是桑弧編導，"我雖然參與寫作過程，不過是顧問，拿了些劇本費，不具名。事隔多年完全忘了，以致有過誤會。稿費謹辭，如已發下也當璧還。希望這封信能在貴刊發表，好讓我向讀者道歉。"

"如已發下也當璧還"，這種語氣，當真顯出非份之財，一介不取的氣概。張愛玲晚年在美國，連"散工"也沒得幹了，只靠稿費和版稅收入維持，照理說，如果她一向"視財如命"，在這階段中更應斤斤計較。但從台灣皇冠出版社的發行人平鑫濤的回憶文字看來，她對錢財的態度，還是瀟灑得很。平鑫濤說撇開寫作，她"生活非常單純，她要求保有自我的生活，選擇了孤獨，不以為苦。對於聲名，金錢，她也不看重。……對於版稅，她也不大計較，我曾有意將她的作品改拍為電視劇，跟她談到版稅，她回說：'版權你還要跟我說嗎？你自己決定吧。'"

在〈童言無忌〉中有一段自白，對上面說到的有關張愛玲記事的真真假假問題，極有參考作用。張愛玲十二歲時，有天晚上，在月色下跟一個比她大幾歲的同學散步。那位同學跟她說：“我是同你很好的，可是不知道你怎樣。”因為在月色底下，因為她是個天生寫小說的人，所以她“鄭重”地低聲說道：“我是……除了我的母親，就只有你了。”

張愛玲補充說：“她當時很感動，連我自己也感動了。”如果張愛玲的作品都在月色下完成，那我們面對她在小說和散文中的真真假假，也不知如何應付。但書信是另一種書寫，因人證物證俱在，應該不會給我們真真假假的困擾。她給夏志清百多封信件，出版後應是張愛玲研究一件大事。

張愛玲教英文

張愛玲一生，除筆耕外，還能靠什麼為生？她從小對實務糊塗，在自己房間住了兩年，還不知電鈴裝在哪裡。她又怕見陌生人，可是"躲進小樓成一統"後，就"充滿了生命的歡悅"，小說、散文、電影劇本、翻譯，你說好了，她都勝任。

最近看了一些她初出道時寫的英文散文，深信她如果能早睡早起，又不怕拋頭露面，大可以到大學去教英文。當然，有沒有學校肯破格錄用一個大學還沒畢業的教員是另一回事。她一九三九年入讀港大，一九四二年返回上海。一九四三年開始在英文刊物《二十世紀》寫稿賺稿費。收入《流言》的〈更衣記〉，原作是英文。

且錄〈更衣記〉（*Chinese life and Fashions*）一段：
If ever memory has a smell, it is the scent of camphor, sweet and cosy like remembered happiness, sweet and forlorn like forgotten sorrow.

張愛玲自小受英文教育。中學時就在學校刊物發表英文習作，在大學唸的又是英文，我們可不可以說她在〈更衣記〉的語文修養是學校教育的功勞？我想最公平的說法是一半一半吧，但我相信張愛玲的英文造詣是靠自己的天份和後天的努力磨練出來的。從她給弟弟張子靜的"法門"看，她在英文寫作上確下過苦功："要提高英文和中文的寫作能力，有一個很好的方法，就是把自己的一篇習作由中文譯成英文，再由英文譯成中文。這樣反覆多次，盡量避免重複的詞句。如果你常做這種練習，一定能使你的中文、英文都有很大的進步。"

這是大行家的話，現在看看她自己的中譯："回憶這東西若是有氣味的話，那就是樟腦的香，甜而穩妥，像記得分明的快樂，甜而悵惘，像忘卻了的憂愁。"拿這兩段中英互譯的文字看，更教人相信，張愛玲的成就不是偶然。她在兩種文字間輪迴轉生的業績，是我目前一個研究項目。她中英文寫作，哪一種較得心應手？這應是後話。

落難才女張愛玲

月來整理歷年朋友書信，想不到從一九六六年至六七年間，張愛玲給我的信，竟達十八封之多。

第一封是中文寫的（一九六六年五月二十六日），上款落“紹銘先生”。這麼“見外”，因為大家從未見過面。

同年六月我們在印第安納大學一個會議上第一次碰頭。記得跟我一起到客房去拜訪這位日後被王德威恭稱為“祖師奶奶”的，還有兩位印大學長，莊信正和胡耀恒。

那天，張愛玲穿的是旗袍，身段纖小，教人看了總會覺得，這麼一個“臨水照花”女子，應受到保護。這麼說，聽來很不政治正確。但女人家看到年紀一把的“小男生”，領帶七上八落，襯衣扣子眾叛親離，相信也難免起惻隱之心的。

張愛玲那段日子不好過，我早從夏志清先生那裡得知。這也是說，在初次跟她見面前，我已準備了要盡微力，能幫她什麼就幫什麼。

我在美國大學的第一份差事，是在Ohio州的Miami大學，時為一九六四年。次年轉到夏威夷。一年後拿到博士學位，才應聘到麥迪遜校區威斯康辛大學。

不厭其詳地交代了這些個人瑣事，無非是跟"祖師奶奶"找差事有關。

根據鄭樹森〈張愛玲·賴雅·布萊希特〉一文所載，賴雅（Ferdinand Reyher）一九五六年跟張愛玲結婚時，"健康已大不如前，但仍寫作不輟；直至六〇年初期才放棄"。

也許是出於經濟考慮，張愛玲於六一年飛台轉港，經宋淇的關係，接下了電懋影業公司的一些劇本，其中包括《南北和》續集《南北一家親》。

賴雅是三十年代美國知名作家，曾在好萊塢寫過劇本，拿過每週起碼五百美元的高薪。依鄭教授解讀現存文件所得，他該是個"疏財仗義"的人物。

"疏財仗義"總不善理財。張愛玲回港趕寫劇本，"可能和當時賴雅體弱多病，手頭拮据有關。及至六〇年代中葉，賴雅已經癱瘓……"

由此可以推想，她在印大跟我和我兩位學長見面時，境況相當狼狽。如果不是在美舉目無親，她斷不會貿貿然地開口向我們三個初出道的毛頭小子求助，托我們替她留意適當的差事。

"適當的差事"，對我們來說，自然是教職。六十年代中，美國大學尚未出現人浮於事的現象。要在中國文史的範圍內謀一棲身之地，若學歷相當，又不計較校譽和地區，機會還是有的。

夏志清的 *A History of Modern Chinese Fiction*（《中國現代小說史》）於一九六一年由耶魯大學出版。先生以顯著的篇幅，對張愛玲小說藝術和她對人生獨特的看法，一一抽樣作微觀分析。一落筆就毫不含糊地說："……對於一個研究現代中國文學的人說來，張愛玲該是今日中國最優秀最重要的作家。……〈金鎖記〉長達五十頁；據我看來，這是中國從古以來最偉大的中篇小說。"

在《小說史》問世前，張氏作品鮮為"學院派"文評家齒及。在一般讀者的心目中，她充其量不過是一名新派鴛鴦蝴蝶說書人而已。

夏先生的品題，使我們對張愛玲作品的看法，耳目一新。也奠定了她日後在中國文壇的地位。但這方面的成就，對她當時的處境，毫不濟事。要在美國大學教書，總得有"高等"學位。學士、碩士不管用。要入僱主的候選名單，起碼得有個博士學位。當然也有例外，如劉若愚。但劉教授能在美國知名的芝加哥大學立足，靠的是等身的學術著作。

"祖師奶奶"欠的就是行家戲稱的"工會證書"（the

Union card）：博士學位。

志清先生平生肝膽，因人常熱。他急着幫張愛玲找差事，想當然耳。我自己和其他曾在台大受業於濟安先生門下的同學，愛屋及烏，也一樣的不遺餘力地為她奔走。他們接二連三地發信給已在大學任教的舊識。結果總是徒勞無功。理由如上述。

我的前輩中，為張愛玲奔走，鞭及履及的，有羅郁正教授。他每次寫信給他的"關係網"，例必給我副本。求援的信件中，有一封是給Iowa大學作家"工作坊"的Paul Engle教授。事情沒有成功，因為那年的名額已經分派，給了詩人瘂弦。

六十年代中，電動打字機尚未流行。羅先生用的是舊式品種，手指按鍵盤真要點氣力。用複寫紙留副本，更費勁了。

郁正先生古道熱腸，可見一斑。

我結識張愛玲時，因出道不久，"關係網"只及近身的圈子。投石問路的地方，順理成章是Miami、夏威夷和威斯康辛。

夏威夷和威斯康辛對我鄭重推薦的"才女作家"沒興趣。Miami大學的John Badgley教授倒來了信。他是我在Miami大學任教時的老闆。信是一九六六年七月二十七日發的。謝天謝地,該校原來在二十年代有過禮遇"駐校藝術家"（artist-in-residence）的先例。

經Badgley教授幾番斡旋,終於說服校方請張女士駐校七個半月。

依張愛玲同年八月十五日來信所說,她每月拿到的酬勞,約為千元。

我一九六四年在Miami拿的講師年薪,是七千元。除應付房租和日常開支外,還可分期付款買二手汽車。

張愛玲對每月千元的待遇,滿不滿意,她沒有說。不過,她七月二日給我的信中,對自己的處境這麼描述:"……即使你不告訴我有關學界中耍手段、玩政治的情形,我對自己能否勝任任何教職,也毫無信心。這方面的活動,非我所長。適合我需要的那類散工,物色多年,仍無眉目。這也不是一朝一夕能解決的事。你關心我,願意替我留心打聽,於願已足,亦感激不盡。目前生活還可將就應付。為了寫作,我離群索居,不必為衣着發愁,因此除日常必需品,再無其他開支。但不管我多照顧自己,體重還是不斷減輕。這是前途未明,憂心如焚的結果。你和你的朋友雖常為我解憂,但情況一樣難見好轉。……"信是英文寫的,以上是中譯。張愛玲給我的十八封信中,中文只有五封。我給她的信也是英文居多。用打字機"寫"

信，既比"引筆直書"方便，也較容易留副本。

一九六六年九月，她離開美國首都華盛頓，到了Ohio州的"牛津鎮"（Oxford），Miami大學所在地。除了Miami外，牛津鎮還有Western College，是一家小規模的女子"貴族"學院。

張愛玲寄居的地方，就是這家女子學校。

九月二十日她來信（英文）說："……病倒了，但精神還可支撐赴校長為我而設的晚宴，我無法推辭，去了，結果也糟透了。我真的很容易開罪人。要是面對的是一大夥人，那更糟。這正是我害怕的，把你為我在這兒建立的友好關係一筆勾銷。也許等我開始工作時，感覺會好些。……"

事後我向朋友打聽，愛玲那晚赴校長之宴，結果怎麼"糟透了"（turned out badly）的真相。

大概朋友不想我這個"保人"聽了尷尬，只輕描淡寫地說她這個貴賓遲遲赴會還不算，到場後還冷冷淡淡，面對校長請來為她"接風"的客人，愛理不理。

最近看到一篇文章，提到張愛玲留港期間，那時的"天王巨星"李麗華慕其名，通過宋淇先生安排一個讓她一睹才女面目的機會。

宋先生不負所託。張愛玲如約赴會。出人意表的是，她沒有留下來寒暄，見了我們的"影后"一面，點心也沒有吃，就告辭了。

她說自己"真的很容易開罪人"（do offend people easily），一點也沒說錯。

張愛玲在Miami的"差事"，不用教書，但總得作些演講和會見有志學習寫作或對中國文學有興趣的學生。

對起居有定時的"上班族"來說，這應該一點也不為難。但張愛玲孤絕慣了，要她坐辦公室面對群眾，確有"千年未遇之變故"的惶恐。

"今晚我到Badgley家吃飯，"她一月十二日來信（中文）說："別人並沒來找我。有兩處學生找我演講，我先拖宕着，因為Badgley說我不如少講個一兩次，人多點，節省時間。與學生會談的課程表明天就將擬出。周曾轉話來叫我每天去office坐，看看書。我看書總是吃飯與休息的時候看。如衣冠齊整，走一里多路到McCracker Hall坐着看書，再走回來，休息一下，一天工夫倒去了大半天，一事無成。我想暫時一切聽其自然，等give a couple of talks後情形或會好一點。……"

信上提到的"周"，是我一九六五年離開Miami後的"接班人"。

張小姐大概沒有好好地守規矩，沒有按時到辦公室恭候學生大駕。

　　一九六七年三月，她接到東部貴族女子學院Radcliffe的通知，給她兩年合約，做她要做的翻譯工作。

　　離開Miami前，她來了封英文信（一九六七年四月十二日）：“周起初顯然把我看成是他的威脅。他轉來院長的指示，要我每天到辦公室，光去看書也成。我告訴他這可不是Badgley跟我的協議。後來我跟Badgley見面，提到這件事。他好像有點不太高興。自此以後，我每次提到周時。他總是顯得很不自然似的。周怎麼扭曲我的話，我不知道。我本沒打算以這些瑣事煩你。我怕的是他在你面前搬弄是非。……”

　　周先生是否把張愛玲視為“威脅”，局外人無法聽一面之詞下判斷。他們之間如果真有爭執，誰是誰非，就我寫本文的動機而言，可說“無關宏旨”。

　　看來她沒有把“駐校藝術家”的任務看作一回事，否則院長不會出此“下策”，“傳令”她每天到辦公室去，“光去看書也成”。

　　在Radcliffe呆了兩年後，張愛玲幸得陳世驤教授幫忙，到柏克萊校區加州大學的中國研究中心做事。茲再引鄭樹森文章一段：“張愛玲日間極少出現，工作都在公寓；上班的話，也是夜晚才到辦公室。一九七一年間，任教哈佛大學的詹姆士・萊恩（James Lyon）教授，為了探討布萊希特的生平事跡，通過賴雅前妻的女兒，追蹤至柏克萊，在初次求見不遂後，終於要在夜間靜待張愛玲的出現。雖然見面後張愛玲頗為親切，但不少查詢仍以書信進行，其雅好孤獨，可見一斑。"

張愛玲在加大中國研究中心服務期間，中心的主任是陳世驤教授。換了一位不知張愛玲為何物的僱主，一來不一定會錄用她，二來即使用了，會否讓她"日間極少出現"，大成疑問。

本文以"落難才女張愛玲"為題，在感情上已見先入為主的偏袒。在"封建"時代，末路王孫迫於環境而操"賤業"，謂之"落難"。

張愛玲出身簪纓世家。如果不因政治變故而離開上海，輾轉到美國當"難民"，她留在香港繼續賣文、編電影劇本，生活縱使不富裕，但最少可讓她過晨昏顛倒的"夜貓子"生活。

遠適異國，張愛玲變了Eileen Chang。身世悠悠，已經諸多不便。更不幸的是生活迫人，不善敷衍而不得不拋頭露面，與"學術官僚"應酬。不得不"衣冠齊整"，一小時挨一小時地在光天化日的辦公室裡枯坐。

如果我們從這個角度去看，那張愛玲的確有點像淪落天涯的"末路王孫"。

　　但話得分兩頭。前面說過,我用"落難"二字,因在感情上有先入為主的偏袒。為什麼偏袒?因為我認識的,是張愛玲,"是今日中國最優秀最重要的作家"。

　　我認識的,不是Eileen Chang。

　　在異國,Ms. Chang一旦受聘於人,合該守人家的清規。現實迫人,有什麼辦法?主人隆重其事地替你接風,你卻遲到欺場,難怪人家側目。

　　胡適回台灣出任中央研究院院長前,在美國流浪過一段日子。唐德剛先生覺得他這段生活過得狼狽,"惶惶然如喪家之犬"。

　　他也是落難之人。

　　這篇文章,拉雜寫來,沒有什麼"中心思想",或可作張愛玲研究補遺這一類文字看。

兀自燃燒的句子

在中國近代作家中，錢鍾書和張愛玲均以意象豐盈、文字冷峭知名。看過《圍城》的讀者，不會忘記鮑小姐，雖然她在整部小說中現身的時間不長。只因"她只穿緋霞色抹胸，海藍色貼肉短膝襪，漏空白皮鞋顯落出深紅的指甲"，好事者就憑着她這種扮相，叫她"局部的真理"。

"局部的真理"當然是從英文partial truth翻譯過來的，相對於赤裸裸的真理，naked truth。這位大才子譏諷愚夫愚婦時，筆墨也夠刻薄。《圍城》中出現的眾生，在錢鍾書的眼中，實在沒幾個不是愚夫愚婦的。他冷嘲熱諷的看家本領，由是大派用場。張開天眼，他"發現拍馬屁跟談戀愛一樣，不容許第三者冷眼旁觀"。

錢鍾書有些譬喻，拿今天的風氣來講，非常政治不正確。罪證之一是："已打開的藥瓶，好比嫁過的女人，減低了市場。"他天眼大開看紅塵，管你男女老幼、媸妍肥瘦，看不過眼的，都是他尋開心的對象。張愛玲筆下的人物，也難找到幾個可愛的。可憐的倒不少。在〈封鎖〉中那位大學講師吳翠遠，二十五歲，手臂白得"像擠出來的牙膏"，仍是小姑居處。在那個愛把二十五歲猶是雲英未嫁的姑娘譏為老處女的年代,翠遠的頭髮梳成千篇一律的式樣,"惟恐喚起公眾的注意"。她不難看,可是她那種美是一種"模棱兩可的,彷彿怕得罪了誰的美"。

張愛玲筆下處處留情,因為她不以天眼看紅塵。她在〈我看蘇青〉一文說:"我想到許多人的命運,連我在內的,有一種鬱鬱蒼蒼的身世之感。'身世之感'普通總是自傷、自憐的意思吧,但我想是可以有更大的解釋的。"她對人生的體驗跟錢鍾書如此不同,難怪出現在她小說的意象和譬喻,也驟然分為兩個世界。〈色、戒〉不是張愛玲得意之作,但偶然也有她vintage的句子:"她又看了看錶。一種失敗的預感,像絲襪上的一道裂痕,蔭涼的在腿肚子上悄悄往上爬。"

這種透人心肺的譬喻,不會出現在錢鍾書的作品中,不因他不穿絲襪,而是他缺少張愛玲所說的"哀矜"之心。什麼是哀矜?在〈我看蘇青〉中,她這麼說:"我平常看人,很容易把人家看扁了。"但身為小說家,她覺得有責任"把人生的來龍去脈看得清楚。如果先有憎惡的心,看明白之後,也只有哀矜"。

張愛玲傳誦的句子,多出自她的小說。依常理看,要完全體味一個異於凡品的意象或譬喻,應該有個context,脈絡一通,感受更深。張愛玲身手不凡的地方,就是許多意象在她筆下卓然獨立，不依賴context也可以自發光芒。〈花雕〉中有這麼一句："她爬在李媽背上像一個冷而白的大白蜘蛛。"

大白蜘蛛是川嫦，一個患了癆病的少女，自知開始一寸一寸地死去。她要李媽揹她到藥房買安眠藥自盡。這個context，我們知道，當然有幫助，但獨立來看，爬在人背上的大白蜘蛛，也教人悚然而慄，徹底顛覆了我們平日對母親揹負孩子的聯想習慣。

整個世界像一個蛀空了的牙齒，麻木木的，倒也不覺得什麼，只是風來的時候，隱隱的有些痠痛。

在這動盪的世界裡，錢財、地產、天長地久的一切，全不可靠了。靠得住的只有她腔子裡的這口氣，還有睡在她身邊的這個人。她突然爬到柳原身邊，隔着他的棉被，擁抱着他。

這些零碎的片段，採自兩篇小說。不必說明出處，不必有context，看來也能自成蹊徑。〈金鎖記〉文字，珠玉紛陳，只是意象交迭，血脈相連，不好拆開來看。"季澤把那交叉着的十指往下移了一移，兩隻拇指按在嘴唇上，兩隻食指緩緩撫摸着鼻樑,露出一雙水汪汪的眼睛來。那眼珠卻是水仙花缸底的黑石子,上面汪着水,下面冷冷的沒有表情。"

這是上好的意象描繪。季澤家財散盡後,跑來"情挑"嫂子。張愛玲巧奪天工,用了水仙花與Narcissus在希臘神話的聯想,不費吹灰之力,說明這位叔子的舉動自作多情,歪念白費心機。可惜這類意象,不像大白蜘蛛,不像絲襪上的裂痕,離開文本,不易自發光芒。

張愛玲別開生面的想像力,在散文中一樣發揮得淋漓盡致。"我母親給我兩年的時間學習適應環境。她教我煮飯,用肥皂粉洗衣,練習行路的姿勢。如果沒有幽默天才,千萬別說笑話。……可是我一天不能克服這種咬囓性的小煩惱,生命是一襲華美的袍,爬滿了蚤子。"

以上引自〈天才夢〉,作者時年十九歲。我們都知道,在小說中的敘事者,即使用第一人稱,也不能跟作者混為一談。散文可不一樣。散文是抒發作者個人感受的文體。因此,如果要從文字找尋張愛玲的"血肉真身",不妨往她散文的字裡行間尋。她的童年生活是個揮之不去的噩夢。抽鴉片打嗎啡針的父親,一不如意就對她拳腳交加。母親是民初的先進女性,忍受不了"屍居餘氣"的丈夫時,就一個人溜走到巴黎。

一次，母親在動身前到女兒寄宿的學校去看她。〈私語〉記載了這一段離情："我沒有任何惜別的表示，她也像是很高興，……可是我知道她在那裡想：'下一代的人，心真狠呀！'，一直等她出了校門，……，還是漠然，但漸漸地覺到這種情形下眼淚的需要，於是眼淚來了，在寒風中大聲抽噎着。哭給自己看。"

在散文篇幅裡現身的張愛玲，語言常出人意表。〈談音樂〉中她提到，"我是中國人，喜歡喧嚷吵鬧，中國的鑼鼓是不問情由，劈頭劈腦打下來的，再吵些我也能夠忍受。但是交響樂的攻勢是慢慢來的，需要不少的時間把大喇叭小喇叭鋼琴梵啞林一一安排佈置，四下裡埋伏起來，此起彼應，這樣有計劃的陰謀我害怕。"

香港大專院校開的中國現代文學課程，大多把張愛玲列為課程的一部分。為了兼顧其他作家，她的作品拿來作文本討論的，相信也只限於一兩篇小說了。從上引的例子可以看到，張愛玲的散文，既可跟她的小說互相發明，也可自成天地，成為一個她對人生、世情和文化的認知系統。我想到的就有〈洋人看京戲及其他〉這一篇：

擁擠是中國戲劇與中國生活裡的要素之一。中國人是在一大群人之間呱呱墮地的，也在一大群人之間死去。……就因為缺少私生活，中國人的個性裡有一點粗俗……群居生活影響到中國人的心理。中國人之間很少有真正怪癖的。脫略的高人嗜竹嗜酒，愛發酒瘋，或是有潔癖，或是不洗澡，講究捫蝨而談，然而這都是循規蹈矩的怪癖，不乏前例的。他們從人堆裡跳出來，又加入了另一個人堆。

〈洋人看京戲及其他〉成於一九四三，作者時年二十三歲。涉世未深，已明白作為一個職業作家，讀者的反應，直接影響自己榮枯。她在〈錢〉一文透露賣文為生的感受。"苦雖苦一點，我喜歡我的職業。'學成文武藝，賣與帝王家'。從前的文人是靠着統治階級吃飯的，現在情形略有不同，我很高興我的衣食父母不是'帝王家'而是買雜誌的大眾。"

為了教學的方便，這些年來我一直希望看到一本像《張愛玲卷》之類的單行本出現，作為"入門"讀物。名著如〈封鎖〉、〈金鎖記〉和〈傾城之戀〉全文照登外，其餘的小說，限於篇幅，不妨採取節錄的方式。編輯只消在入選的段落前後加些按語，說明來龍去脈，讀者就不會摸不着頭腦了。我在上面引的〈花雕〉段落，並不完整，但我相信爬在李媽背上的大白蜘蛛，是個完整的、兀自燃燒的句子，足以誘導對張愛玲文字着迷的讀者找出全文來看。採用節錄的方式，就可兼顧長篇小說了，如"備受爭議"的《秧歌》和《赤地之戀》。

張愛玲的散文，篇幅短的如〈天才夢〉與〈談音樂〉，入選當無問題。自傳性濃的如〈私語〉雖長達萬餘字，但因參考價值極高，理應全文照收。另一篇長文〈自己的文章〉情形也一樣。這既是一篇響應傅雷對她批評的文字，也是她對文學與人生的獨立宣言。她向世人宣稱"我不喜歡壯烈。我是喜歡悲壯，更喜歡蒼涼"。這些話，道盡了她的人生觀與藝術觀，因此不可不收。希望這個構想得到"張迷"如陳子善先生的認同，也希望他能找到出版商玉成其事。

〈色，戒〉：沒完的三級故事

我怕熱鬧，更怕擠電影院，《色，戒》只好等看DVD了。這也好，可以清心寡慾再細讀文本。以小說論小說，〈色，戒〉的成就遠不如早期作品如〈封鎖〉、〈金鎖記〉或〈傾城之戀〉。那時期的張愛玲，以解剖刀的筆墨把七巧、翠遠和柳原這些人物的"潛質"都擠乾了。他們是英文所說的fully realized characters。

〈色，戒〉文字相當隱晦，可能是作者在某些地方欲語還休。因為王佳芝和易先生在歷史上確有其人，而張愛玲亦曾一度是胡蘭成夫人，〈色，戒〉（1979）因此可歸為"話題小說"。

話題小說有局限，因為除非你對"話題"有興趣，否則個中人物的生死榮枯，干卿底事？話題人物不一定要跟隨樣板泡製，譬如說把漢奸易先生寫成獐頭鼠目，或把"玩票特工"佳芝描繪為今之俠女。張愛玲在〈羊毛出在羊身上——談《色，戒》〉一文說過，佳芝是"憑一時愛國心的衝動"才玩上這一票的。她"當然有人性，也有正常的人性的弱點。"這也等於說佳芝並非三貞九烈。

為了工作需要，佳芝色誘易先生，"失貞"也是工作需要，但行刺計劃快完成時，她卻叫易先生"快走"。通敵就是失節。佳芝卿本佳人，奈何淪落如斯？要使佳芝從獵物角色的倒置引人入信，她的潛質一定要fully realized，不能光靠"不寫之寫"要我們補白。幸好祖師奶奶雖然不肯在關鍵時刻有話直說，卻在文本露了玄機："到女人心裡的路通過陰道"。

佳芝色相如何？作者在這方面倒沒有吞吞吐吐。開卷即見佳芝"胸前丘壑"。佳芝要釘着易先生，"簡直需要提溜着兩隻乳房在他跟前晃"。易先生跟她在車上見面，一坐定下來就"抱着胳膊，一隻肘彎正抵着她乳房最肥滿的南半球外緣"。記憶中張愛玲從沒用過如此坦蕩蕩的文字描寫女性的胴體。相對起來，白流蘇單薄得可以，長的是"孩子似的萌芽的乳"。張愛玲一再在佳芝的胸前落墨，顯然是要突顯她sexual, sensual和material的面目。她崇拜權力、看到六克拉粉紅鑽戒怦然心動。為了喬裝已婚婦人，佳芝失身於同學梁閏生。搭上易先生後，這個她本來沒有好感的同夥，現在看來更"自慚形穢"，更像小男人了。

跟老易相處的感覺就不一樣，每次"都像洗了個熱水澡，把積鬱都沖掉了"。這句話張愛玲另有解說，但以眼前的context看來，難免令人想到性關係。這關係教她把易

先生原來有點悲哀的微笑看作“溫柔憐恤的神氣”。這時
她突然想到：“這個人是真愛我的。”

因為我們從未聽過他們兩人在睡房私語，佳芝這時
變節，實在有點意外。要是當初張愛玲效法“三言”話本
的說話人，不避腥葷，把易先生怎樣在睡房“俘虜”佳芝
的場面也托出來，那麼〈色，戒〉一下子可從topical的層
次提升為parabolic，說明了在色慾面前，人的意志力不足
恃，女人跟男人一樣身不由主。

〈鬱金香〉讀後

我把〈鬱金香〉的作者名字塗了，影印了一份給你，說好第二天見面時你要告訴我這篇萬言小說出自誰人手筆。第二天午飯時，你帶了影印本來，一攤開，紙上盡是黃綠彩筆勾出的段落。

祖師奶奶的遺墨，你說。怎見得？這有何難，她一落筆就露馬腳，你看："牆上掛着些中國山水畫，都給配了鏡框子，那紅木框子沉甸甸的壓在輕描淡寫的畫面上，很不相稱，如同薄紗旗袍上滾了極闊的黑邊。"

薄紗旗袍上滾了極闊的黑邊，我唸着，對的，確有祖師奶奶三分氣派，但勁道不足，句子欠缺那種"兀自燃燒"的自焚火焰。你問：哪一年的作品？一九四七，我說，在上海的《小日報》連載。呀！怪不得！柯靈的話說對了。張愛玲的傳世之作，早在一九四三和四四兩年寫完。一九四七那年，她忙着編劇本，小說作品不多，好像只有〈華麗緣〉和〈多少恨〉。

寫得好不好？不是"招牌貨"，你說。如果你拿《傳奇》的名篇比對着看，會失望的。〈鬱金香〉就像〈多少恨〉這類貨色了？可以這麼說，但你若看了一九七七年她為〈多少恨〉寫的前言，再看〈鬱金香〉，也許會讀出一番滋味來。且聽她怎麼說：

——我對於通俗小說一直有一種難言的愛好；那些不用解釋的人物，他們的悲歡離合。如果說是太淺薄，不夠深入，那麼，浮雕也一樣是藝術呀。

〈鬱金香〉的敘述中，作者獨步文壇的冷峻意象與譏誚譬喻雖然不多，叫人過目不忘的浮雕倒也不少。"這老姨太太生得十分富態，只因個子矮了些，總把頭仰得高高的。一張整臉，原是整大塊的一個，因為老是往下掛搭着，墮出了一些裂縫，成了單眼皮的小眼睛與沒有嘴唇的嘴。"

整體而言，〈鬱金香〉的文字確難跟〈封鎖〉和〈金鎖記〉比擬。你要我舉實例？好吧，你看看正被"二舅老爺"寶餘調戲的婢女金香的樣子好了。

她又退後一步，剛把她的臉全部嵌在那鵝蛋形的鏡子裡，忽然被寶餘在後面抓住她兩隻手，輕輕的笑道："這可給我捉到了！你還賴，說是不塗胭脂嗎？"金香手掌心上紅紅的，兩頰卻是異常的白，這時候更顯得慘白了。她也不做聲，只是掙扎着，只見她手臂上勒着根髮絲一般細的暗紫賽璐珞鐲子，雪白滾圓的胳膊彷彿截掉一段又安上去了，有一種魅麗的感覺，彷彿《聊齋》裡的。

　　小說通篇無鬼氣，卻突然引入《聊齋》的聯想，我們有點措手不及。撇開文字不談，〈鬱金香〉還有別的看頭麼？你要看些什麼？你知道，張愛玲雖然對通俗小說有偏愛，但她自己寫的，套的雖然是鴛鴦蝴蝶的架構，但男女相悅，除了〈傾城之戀〉勉強說得上是例外，其餘都不成正果。"大舅老爺"陳寶初和金香應是一對鴛鴦蝴蝶，但這位少爺只肯作"無情遊"。他以為自己愛上她了，到分手時，他要金香答應等他回來娶她。但"其實寶初話一說出了口聽着便也覺得不會是真的"。

　　張愛玲取名《傳奇》的作品，極為現實。這格調在往後的書寫中也沒有改。果然，做人一向不夠"堅決"的寶初，步入中年後就結了婚，金香也嫁了人。一天，他在姊姊家看到弟弟寶餘的太太，以前的闍小姐。"寶初看看她，覺得也還不差，和他自己太太一樣，都是好像做了一輩子太太的人。至於當初為什麼要娶她們為妻，或是不要娶她們為妻，現在都也無法追究了。"

　　你要"看頭"，這種對人生的觀察，就是張愛玲作品

特有的看頭了。結尾時，寶初聽到閻小姐問金香的身世，
"是不是就是從前愛上了寶餘那個金香？"你猜寶初怎麼
反應？

　　寶初只聽到這一句為止。他心裡一陣難過——這世界上
的事原來都是這樣不分是非黑白的嗎？他去站在窗戶跟前，
背燈立着，背後那裡女人的笑語啁啾一時都顯得朦朧了，倒
是街上過路的一個盲人的磬聲，一聲一聲，聽得非常清楚。
聽着，彷彿這夜是更黑，也更深了。

　　金香沒有愛上過寶餘，寶初比誰都清楚。但他沒有為
金香辯白。才二十出頭的人，就給人家大舅老爺前大舅老
爺後的招呼着。一個未老先衰民族的未老先衰子弟，還有
什麼氣力談愛情，你說是不是？

到底是中國人

　　《張看》是張愛玲的小說散文集，一九七六年由香港文化·生活出版社初版，內收〈天才夢〉一篇，有附言曰："〈我的天才夢〉獲《西風》雜誌徵文第十三名名譽獎。徵文限定字數，所以這篇文字極力壓縮，剛在這數目內，但是第一名長好幾倍。並不是我幾十年後還斤斤較量，不過因為影響這篇東西的內容與可信性，不得不提一聲。"

　　這樣一篇附言，一般"張迷"看了，大概也不會在意。〈天才夢〉是絕好散文，結尾一句，"生命是一襲華美的袍，爬滿了蚤子"，膾炙人口。至於文字為什麼要如此壓縮，第一名的作者為什麼可以超額，除了"張學"專家，普通讀者諒也不會深究。

　　十八年後，張愛玲舊事重提。她拿到了台灣《中國時報》文學獎的特別成就獎，因此寫了〈憶《西風》〉感言。此文讀來竟有"傷痕文學"味道，值得簡述一次。一九三九年，張愛玲初進港大，看到上海《西風》雜誌徵文啟事。她手邊沒有稿紙，乃以普通信箋書寫，一字一句的計算字數，"改了又改，一遍遍數得頭昏腦脹，務必要刪成四百九十多字，少了也不甘心"。

不久她接到通知，說徵文獲得首獎。但後來收到全部得獎者名單，第一名另有其人，她排在末尾。根據她的憶述，首獎〈我的妻〉"寫夫婦倆認識的經過與婚後貧病的挫折，背景在上海，長達三千餘字。《西風》始終沒有提為什麼不計字數，破格錄取。我當時的印象是有人有個朋友用得着這筆獎金，既然應徵就不好意思不幫他這個忙，雖然早過了截稿期限，都已經通知我得獎了"。

張愛玲一九九五年逝世。一九九四年十二月發表的〈憶《西風》〉是她生前見報的最後一篇散文。她決定舊事重提，自覺"也嫌小器，……不過十幾歲的人感情最劇烈，得獎這件事成了一隻神經死了的蛀牙，所以現在得獎也一點感覺都沒有。隔了半世紀還剝奪我應有的喜悅，難免怨憤"。

〈憶《西風》〉發表後，"張迷"看了，莫不為她的遭遇感到憤憤不平，但事隔半個多世紀，張愛玲只憑記憶追述，"片面之詞"，可靠麼？陳子善教授終於找到《西風》有關徵文和徵文揭曉的兩份原件，寫了〈《天才夢》獲獎考〉一文，給我們揭開謎底。跟張愛玲的敘述比對過後，發覺她的記憶果然有誤。徵文的字限不是五百字，而是五千字以內。第二個跟她記憶不符的地方是她拿的不是

"第十三名名譽獎",而是第三名名譽獎。不過她"叨陪榜末"倒是事實,因為名譽獎只有三個。

張愛玲把五千看成五百,已經糊塗,把名譽獎看成首獎,更不可思議,不過這件"公案"既然有原件作證,我們只有接受事實:張愛玲的"傷痕",原是自己一手做成,也因此抱憾終生。撇開這件"風波"不提,張愛玲〈憶《西風》〉最意味深長的一句話是:"我們中國人!"這句"對自己苦笑"說的話,緊接"我當時的印象是有人有個朋友用得着這筆獎金"。未說出來的話是,這種偷天換日、假公濟私的把戲,原是"我們中國人"優為之的事,因此她只好認命,"苦笑"置之。

如果她本該拿首獎後來竟排榜末確是《西風》編輯部營私的結果,那麼我們的確可以把這種"調包"行為看作國民劣根性一顯例。張愛玲自小在陰暗的家庭長大,父親抽大煙,吸毒,花天酒地,動不動就要置兒女於死地。中國文化的陰暗面、中國人的劣根性,她比誰都看得清楚,難得的是她"逆來順受"。如果不是《中國時報》發給她特別成就獎,挑起了她的傷痕,諒她也不會作出"我們中國人"的興嘆,因為張愛玲也接受了自己到底也是中國人這個事實。不妨引〈中國的日夜〉(一九四七)作為參考:"我真快樂我是走在中國的太陽底下。……快樂的時候，無線電的聲音，街上的顏色，彷彿我也都有份；即使憂愁沉澱下去也是中國的泥沙。總之，到底是中國。"

我細讀〈憶《西風》〉，想到鄭樹森教授在〈張愛玲與《二十世紀》〉介紹過張愛玲的英文著作，《二十世紀》一九四一年在上海創刊，主編克勞斯·梅涅特（Klaus Mehnert）是德國人。這本英文刊物"鎖定"的讀者對象是滯留亞洲的外籍人士。張愛玲於一九四三年開始在《二十世紀》寫稿，首次登場的是 *Chinese Life and Fashion*（〈中國人的生活和時裝〉），後來自己譯成中文，以〈更衣記〉為題發表。鄭樹森說這篇作品看不出翻譯痕跡，只能說是中文的再創作。

因為張愛玲說過"我們中國人！"這句話，我對她刊登在《二十世紀》的文章馬上感到濃厚的"職業興趣"。學術文章就事論事，讀者對象無分種族國界。但散文難免涉及一己的愛憎和是非觀。對象如果是"外人"，那麼說到"家醜"，要不要直言無諱，還是盡力"護短"？以洋人市場為對象的"通俗作家"，因知宣揚孔孟之道的話沒人愛聽，為了讓讀者看得下去，不惜販賣奇巧淫技。纏足、鴉片、風月怪談等 chinoiserie，一一上場。借用十多年前流行的說法，這就是"魔妖化"（demonize）中國。

張愛玲在上海時期靠稿費生活，如果英文著作有"魔妖化"跡象,可理解為生活所迫。但她沒有走"通俗"路子。在〈中國人的宗教〉一文,她談到中國的地獄:"'陰間'理該永遠是黃昏,但有時也像個極其正常的都市,……。生魂出竅,飄流到地獄裡去,遇見過世親戚朋友,領他們到處觀光,是常有的事。"

把目蓮救母的場景說成"旅遊勝地",可見二十四歲的張愛玲,還不失孩子氣。但她一本正經給洋人介紹"我們中國人"的各種"德性"時,確有見地。最能代表她在這方面識見的,是〈洋人看京戲及其他〉。她一開始就說明立場:

多數的年青人愛中國而不知道他們所愛的是一些什麼東西。無條件的愛是可欽佩的——唯一的危險就是:遲早理想要撞着了現實,每每使他們倒抽一口涼氣,把心漸漸冷了。我們不幸生活於中國人之間,比不得華僑,可以一輩子安全地隔着適當的距離牽繫着神聖的祖國。那麼,索性看個仔細罷!用洋人看京戲的眼光來觀賞一番罷。有了驚訝與眩異,才有明瞭,才有靠得住的愛。

張愛玲初識胡蘭成時,有書信往還。胡蘭成第一封給她的信,"竟寫成了像五四時代的新詩一般幼稚可笑"。

張愛玲回信說："因為懂得，所以慈悲。"《西風》事件對她是一個負面的陰影，可是因為"懂得"，日後才能說出"即使憂愁沉澱下去也是中國的泥沙"。

用洋人看京戲的眼光看中國，看到的是什麼景象？雖然她說京戲裡的世界既不是目前的中國，也不是古舊中國的任何階段，但她對中國民風民俗的觀察，今天看來一點也不隔膜。且看她怎麼說中國人沒有privacy的觀念。"擁擠是中國戲劇與中國生活裡的要素之一。中國人是在一大群人之間呱呱墮地的，也在一大群人之間死去。……中國人在那裡也躲不了旁觀者。……青天白日關着門，那是非常不名譽的事。即使在夜晚，門閂上了，只消將紙窗一舐，屋裡的情形已就一目了然。"

她認為因為中國人缺少私生活，所以個性裡有點粗俗，因此除了在戲台上，"現代的中國是無禮可言"。這些觀察，既尖銳，也見膽色，但最教人佩服的還是她對魏晉任誕式人物的評論："群居生活影響到中國人的心理。中國人之間很少有真正怪癖的。脫略的高人嗜竹嗜酒，愛發酒瘋，或是有潔癖，或是不洗澡，講究捫蝨而談，然而這都是循規蹈矩的怪癖，不乏前例的。他們從人堆裡跳出來，又加入了另一個人堆。"

張愛玲向洋讀者介紹"吾土吾民"，依書直說，毫不煽情。沒有抹黑,也不美化。如果中國人愛群居,四代同堂,也沒有什麼不對,用不着向洋人賠不是。這種不亢不卑的態度,梅涅特極為欣賞。他在編輯按語中指出,張愛玲"與她不少中國同胞差異之處,在於她從不將中國的事物視為理所當然。正由於她對自己的民族有深邃的好奇,使她有能力向外國人詮釋中國人"(鄭樹森譯文)。

張愛玲把自己的英文作品翻譯成中文,大概她認為中國讀者更有理由近距離細看她筆下的中國,好讓他們"懂得"。〈中國的日夜〉以她的一首詩結束:

我的路
走在我自己國土,
亂紛紛都是自己人,
補了又補,
連了又連的,
補釘的彩雲的人民。

詩成於一九四七年,《西風》徵文的風波顯然沒有影響她對自己到底是中國人身份的認識。

英譯〈傾城之戀〉

一

一九六一年耶魯大學出版了夏志清教授第一本英文著作《中國現代小說史》。他對張愛玲的小說有這樣的評價："對於一個研究現代中國文學的人說來,張愛玲該是今日中國最優秀最重要的作家。僅以短篇小說而論,她的成就堪與英美現代女文豪如曼殊菲兒(Katherine Mansfield)、泡特(Katherine Anne Porter)、韋爾蒂(Eudora Welty)、麥克勒斯(Carson McCullers)之流相比,有些地方,她恐怕還要高明一籌。"

早在《小說史》出版前,夏志清在台灣大學任教的哥哥夏濟安教授已把論張愛玲這一章原稿譯成中文,在《文學雜誌》發表。這篇文章成了日後在台灣和大陸一波接一波"張愛玲熱"的立論基礎。夏志清耶魯大學英文系出身。他認為張愛玲小說的造詣不但可跟the work of serious modern women writers in English相提並論,在好些地方猶有過之,這個極具膽色的判斷,當然要言之有據。要是當年發表他論文的媒體是*The New Yorker*這類擁有大量知識份子讀者而又流傳極廣的高檔刊物,說不定有人因夏志清的話觸動好奇心,要找張愛玲的作品看看。

夏志清的評語,只見於大學出版社的專書,巍巍殿堂,讀者有限。再說,當年即使有不懂中文的讀者要看張愛玲的小說,也沒有堪稱她代表作的樣本可以求證。她"終身成就"的作品《金鎖記》英譯本,要到一九七一年才出現。譯文是作者手筆,收在夏志清編譯的*Twentieth-Century Chinese Stories*,哥倫比亞大學出版。

英語版的《秧歌》(*The Rice-sprout Song*,一九五五)和《赤地之戀》(*Naked Earth*,一九五六),得不到英美讀者重視,可能與政治因素有關。照理說,夏志清推許為"中國從古以來最偉大的中篇小說"的〈金鎖記〉,理應受到英美行家賞識的。傳統中國小說人物描寫,一般而論,病在扁平。〈金鎖記〉的敘事模式雖然因襲舊小說,但道德層次的經營和角色性格的描繪,更明顯是受了西洋文學的影響。

可惜張愛玲離開母語,知音寥落。自上世紀七十年代起,我在美國教英譯現代中國文學,例必用張愛玲自己翻譯的〈金鎖記〉作教材。有關她作品在英語世界的reception,可從我個人經驗知一二。我在〈《再讀張愛

玲》緣起〉寫了這段話:

　　美國孩子大多勇於發言,課堂討論,絕少冷場。他們對魯迅、巴金、茅盾等人的作品都有意見,而且不論觀點如何,一般都說得頭頭是道。惟一的例外是張愛玲。班上同學,很少自動自發參加討論。若點名問到,他們多會說是搞不懂小說中複雜的人際關係,因此難以捉摸作家究竟要說什麼。

　　雖然他們自認"看不懂"故事,但到考試時,對七巧這個角色反應熱烈。事隔多年,我還記得班上一位上課時從不發言的女同學在試卷上說了幾句有關七巧的話,至今印象猶新:This woman is an absolute horror, so sick, so godless。

二

　　本科生的課,教材是英文,班上的用語,也是英文。張愛玲的小說,除非讀原文,否則難以體味她別具一格的文字魅力。通過翻譯聽張愛玲講曹七巧故事,只想到她惡形惡相的一面。難怪〈金鎖記〉在我班上沒有幾個熱心聽眾。十來二十歲的花旗後生小子，怎受得了這位"青面獠牙"的姜家媳婦？

讀文學作品，特別是詩詞，一定得讀原文。這是老生常談了。還應補充一點：與自己文化差異極大的文學作品，更非讀原文不可，Karen Kingsbury如果不在哥倫比亞大學修讀博士，從張愛玲原作認識她的本來面目，不會變成為她的知音，更不會想到要翻譯她的作品。單以出版社的聲譽來說，Kingsbury翻譯的《傾城之戀》能由The New York Review of Books出版發行，可說是張愛玲作品"出口"一盛事。《紐約書評》一年出二十期，發行量大，影響深遠，撰稿人多是學界、知識界一時之選。

英譯書名叫 *Love in a Fallen City*，不論原文或翻譯，這名字都是英文所說的user-friendly，不像〈金鎖記〉或譯名 *The Golden Cangue* 那麼教人莫測高深。除〈傾城之戀〉外，集子還收了Kingsbury先後在《譯叢》和別的選集刊登過的四篇翻譯〈沉香屑——第一爐香〉、〈茉莉香片〉、〈封鎖〉和〈紅玫瑰與白玫瑰〉。張愛玲自譯的〈金鎖記〉也在集內。

我曾在〈借來的生命〉一文解釋過前牛津大學講座教授霍克思（David Hawkes）為什麼在盛年時決定提前退休。他要把全部精力和時間投入翻譯《石頭記》。在譯文

*The Story of the Stone*的結尾他這麼說：if I can only convey to the reader even a fraction of the pleasure this Chinese novel has given me, I shall not have lived in vain.（如果能將這本小說給我的樂趣傳給讀者，即使是小小的一部分，此生也沒白活了。）霍克思也真"癡"得可以。Kingsbury女士在*Love in a Fallen City*的序言也說了類似的話。她只希望自己的譯文能給英語讀者重組譯者閱讀時所受到的"感觀刺激"（sensory experience），即使不能完全達到理想，亦於願已足。

三

百年前的西方"漢學家"（sinologist），如非剛巧也是個傳教士，大多數只留在家裡捧着辭典學中文，絕少願意離鄉別井跑到中國讀書生活，跟老百姓打成一片學習"活的語言"的。口語一知半解，看"俗文學"時難免陰差陽錯，把"二八佳人"看成a beauty of twenty eight years old。這種誤譯，連譽滿"譯"林的英國漢學家Arthur Waley也不例外。赤腳大仙的"赤"，他大概選了辭典的第一義："紅"。因此原來逍遙自在的barefoot immortal，在他演譯下變了red foot immortal。

Karen Kingsbury是新一代的學者，在中國大陸和台灣任教二十多年，中文流利，不會犯她前輩翻譯口語時的錯誤。張愛玲上海出生，從小就讀教會學校，英文修養非常到家。但英語始終不是她的母語。她的英文是bookish English。自譯的〈金鎖記〉，敘事起落有致，極見功夫，但人物對白，也許因為語法太中規中矩，聽來反而覺得不自然。有關張愛玲自譯〈金鎖記〉之得失，我在〈張愛玲的中英互譯〉一文有詳細交代，這裡不重複了。

Karen Kingsbury的母語是英文。我們當然不會迷信母語是英文的人一定會寫英文，道理跟中文是母語的人不一定會寫中文一樣。但翻譯過來的文字是自己母語的話，譯者在處理對白時應比non-native speaker佔些便宜。"別客氣"的書本說法是don't stand on ceremony。譯者如是native speaker，今天絕不會遵循這個老皇曆的說法。他會設身處地，打量說話人和對話人的身份，考慮當時的場合和氣氛，在you're welcome和don't mention it之間作個選擇。要是雙方都是"活得輕鬆"的年青人，說不定會堆着笑臉地說：you bet或you betcha。

張愛玲在〈傾城之戀〉用對白托出了范柳原這個角色，把他寫活了。這位愛吃女人豆腐、喜歡自我陶醉的洋場闊少，難得碰到一個教育程度不高、處於"弱者"地位的女人，可以讓他肆無忌憚地討便宜。怎樣把他的俏皮話、風涼話、或英文所說的wisecrack轉生為英文，對譯者來說是相當大的誘惑，也是個考驗。范柳原在淺水灣飯店初遇流蘇，就露了本色：

柳原笑道：「你知道麼？你的特長是低頭。」流蘇抬頭笑道：「什麼？我不懂。」柳原道：「有人善於說話，有的人善於笑，有的人善於管家，你是善於低頭的。」流蘇道：「我什麼都不會，我是頂無用的人。」柳原笑道：「無用的女人是最厲害的女人。」

我們聽聽這對亂世男女怎樣說英文：

Liuyuan laughed. "Did you realize? Your specialty is bowing the head."

Liusu raised her head, "What? I don't understand."

"Some people are good at talking, or at laughing, or at keeping house, but you're good at bowing your head."

"I'm no good at anything," said Liusu, "I'm utterly useless."

"It's the useless women who are the most formidable."

如果翻譯只求存意和傳意，Kingsbury已盡了本份。但偶有譯事高人如霍克思，存意傳意外還見文采。《石頭記》第一回見甄士隱解〈好了歌〉，其中一句："說什麼脂正濃、粉正香、如何兩鬢又成霜。"霍克思譯為：Would you of perfumed elegance recite? / Even as you speak, the raven locks turn white。文字是作了些剪裁，但不失原意，更可貴的是譯文把正濃的脂粉電光石火地轉變為成霜的兩鬢，文采斐然，真是難得。但這種翻譯，可遇不可求。

　　僅舉一例，不足以衡量Kingsbury譯文之高低。我整體的感覺是，她中文苦學得來，翻譯時自然一板一眼，不肯或不敢像霍克思那樣化解原文，在不扭曲原意中自出機杼。就拿"你的特長是低頭"來說。"特長"的確是specialty，但為了突出范柳原的輕佻和英譯口語的形態，我以為不妨改為you've a special talent for或an unusual gift for，這樣唸起來比較舒服。還有一個地方可以商榷。柳公子說流蘇的特長是"低頭"。我聽來的感覺是，流蘇的"低頭"是慢慢地垂下頭來。如果我設想的image確實如此，那麼英文亦可改為：you've a special talent for lowering your head。

　　除了對白，Kingsbury譯文的敘事段落亦有可斟酌之處。〈傾城之戀〉結尾傳誦一時,我們就用來做例子吧。

"香港的陷落成全了她。但是在這不可理喻的世界裡,誰知道什麼是因,什麼是果?誰知道呢?也許因為要成全她,一個大都市傾覆了。"

Hong Kong's defeat had brought Liusu victory. But in this unreasonable world, who can distinguish cause from effect? Who knows which is which? Did a great city fall so that she could be vindicated?

原文顯淺極了,但翻譯是另一回事。先說"成全"。譯者解釋為victory,"勝利"。這是over-translation。因為話說得太透明了。流蘇跟柳原相擁在床時,人還是模模糊糊的。她沒有處心積慮地跟范柳原作過"戰"。范柳原最後願意跟她登報結婚,對她也是個意外。因此這句話大可改為:the fall of Hong Kong had brought Liusu a sense of fulfilment。跟"成全"一樣,fulfilment這個字也是滑溜溜的,留給讀者很多想像空間。引文中第二次出現的"成全",Kingsbury譯為vindicated。這個字的原義是"雪冤"或正義得到伸張,譯為vindicated,無論如何是有點言重了。要是我來翻譯,會這麼說:Did a great city fall just to make things possible for her?

譯者把"香港的陷落"譯為Hong Kong's defeat，顯然沒有想到文章的格調要互相呼應。〈傾城之戀〉的英譯既然是*Love in a Fallen City*，那麼"香港的陷落"就該是the fall of Hong Kong了。

翻譯不同自己文章，自己的創作，愛怎麼寫就怎麼寫，好壞文責自負。但翻譯作品多少是一件"公器"。Kingsbury在序言中向給她看過初稿的朋友一一致謝，可見她對譯事之慎重。我上面對她翻譯幾個"不足"的地方提出的意見，諒她會樂於接受。〈傾城之戀〉登在《紐約書評》的廣告上，有《臥虎藏龍》導演李安（Ang Lee）寫的贊助詞。把張愛玲小說的特色簡單地交代過後，李導演就說：she is the fallen angel of Chinese literature, and now, with these excellent new translations, English readers can discover why she is so revered by Chinese readers everywhere.

Fallen angel原義是"墮落天使"。李安要講的，當然不是這個意思。他想說的，大概是張愛玲一直遭受英語讀者冷落。當年在我班上覺得〈金鎖記〉難以終篇的"小讀者"，今天有〈傾城之戀〉和〈紅玫瑰與白玫瑰〉這種romances可看，一定樂透了。

張愛玲的中英互譯

一

上世紀九十年代初，我和葛浩文（Howard Goldblatt）教授合編一本現當代中國文學選集。張愛玲的小說〈金鎖記〉早有她自己翻譯的 *The Golden Cangue*，因此我們決定請她幫忙翻譯〈封鎖〉。從夏志清教授那裡拿到她的郵箱地址後，我寫了邀請信給她。跟着天天等候回音，一直等了半年多。我知道她的脾氣，也知道寫信去催也沒有用，但一本現當代中國文學選集不收一篇張愛玲的代表作，對不起她，也對不起讀者。我們只好找別人翻譯。

剛好那時王德威教授有位博士生 Karen Kingsbury，正在研究張愛玲。我請她幫忙，她一口答應了。後來終於接到張愛玲於一九九三年一月六日發出的回信。

紹銘：

我收到 Kingsbury 小姐第一封信就想告訴她我預備去倉庫搜尋我從前譯的〈封鎖〉，一直沒去成，信也沒有寫。收到她第二封信,非常內疚她已經費事譯了出來,只好去信乞宥。總還要有好幾個月才能到倉庫去,找到了馬上會去信問你有沒有過了出書的限期。但是有deadline請千萬不要等我。當然我知道錯過了exposure的機會是我自己的損失。匆匆祝近好

愛玲

一月六日

我們從張愛玲這封信看到兩個要點,一是她有作品自譯的習慣。二是她相當在乎英語讀者對她英文作品的評價。我得在這裡先補充說一句,作者翻譯自己作品時,如果把翻譯當作創作的延續,隨意作即興體的增刪,那麼"翻譯"出來的文本應該視為一個新的藝術成品。(有關作者自譯的效果問題,請參閱我兩篇舊作:Joseph S. M. Lau, "Unto Myself Reborn: Author as Translator", *Renditions*, Nos. 30-31. Spring 1989;〈輪迴轉生:試論作者自譯之得失〉,收入《未能忘情》,台北三民書局,一九九二)

就拿〈封鎖〉為例,Karen Kingsbury的英譯*Sealed Off*,是把張愛玲小說從一種文字轉生到另外一種文字。

張愛玲如果自己動手翻譯〈封鎖〉，會不會把這篇翻譯當作創作的延續呢，因無實例，瞎猜無益。我們可以引為論據的是，如果她英譯〈封鎖〉的態度是跟中譯〈更衣記〉的用心一樣，那麼英文文本的〈封鎖〉必會另成天地，獨立於原著之外。〈更衣記〉衍生自她發表在《二十世紀》（*The XXth Century*）的英文散文*Chinese Life and Fashions*（〈中國人的生活和時裝〉）。

我參照中英文本，發現不但題目有異，內容上〈更衣記〉也跟英文原文大有出入。那麼*Chinese Life and Fashions*和〈更衣記〉是不是兩篇不同的文章呢？不是，〈更衣記〉絕對是脫胎於英文稿，但內容明顯有增刪。為什麼要更改自己的文章？因為張愛玲寫*Chinese Life and Fashions*時。思考用的是英文，好些隱喻或典故，用中文說給中國讀者聽，一點就明，再說就成俗了。但給英語讀者說同樣的事就不能做這個假定，不能點到即止。

*Chinese Life and Fashions*出版後，她給中文讀者準備中文版本時，也相應的作了增刪。當年用英文書寫，處處顧慮到外國讀者對中國文物的接受能力，許多關鍵地方，因擔心英語讀者閱讀時，即使加了注釋，也會有技術困難，所以話只說了一半，或乾脆不說。現在把發表過的英文資料重新鋪排給中文讀者看，當年用英文寫作時如果有什麼

"欲言又止"或"未盡欲言"的地方，現在再無技術上的顧慮，可以隨心所欲了。這個因由，可用〈洋人看京劇及其他〉（一九四三）開頭一段作說明：

> 用洋人看京劇的眼光來看看中國的一切，也不失為一椿有意味的事。頭上搭了竹竿，晾着小孩的開襠褲，櫃台上的玻璃缸中盛着"參鬚露酒"；這一家的擴音機裡唱着梅蘭芳；那一家的無線電裡賣着癩疥瘡藥；走到"太白遺風"的招牌底下打點料酒……這都是中國，紛紜，刺眼，神秘，滑稽。多數的年青人愛中國而不知道他們所愛的究竟是一些什麼東西。無條件的愛是可以欽佩的——唯一的危險就是：遲早理想要撞着了現實，每每使他們倒抽一口涼氣，把心漸漸冷了。我們不幸生活於中國人之間，比不得華僑，可以一輩子安全地隔着適當的距離牽繫着神聖的祖國。那麼，索性看個仔細罷！用洋人看京劇的眼光來觀賞一番罷。有了驚訝與眩異，才有明瞭，才有靠得住的愛。

此文的英文版是：*Still Alive*，刊登於一九四三年六月號的《二十世紀》，比同年十一月發表的〈洋人看京劇及其他〉早五個月，Still Alive原義是"還活着"，但看了內文後，應可明白張愛玲在這裡所指的是京劇裡的中國人情世態，"紛紜，刺眼，神秘，滑稽"的種種切切，依舊一成不變，"古風猶存"。用英文來講，正好是still alive。

*Still Alive*是這樣開頭的：Never before has the hardened city of Shanghai been moved so much by a play as by "*Autumn Quince*"（"*Chiu Hai Tang*"，〈秋海棠〉），a sentimental melodrama which has been running at the Carlton Theater since December 1942。

只要把兩個文本比對一下，馬上可以看出〈洋人看京劇及其他〉上面一段長達七百多字的引文，沒有在*Still Alive*這篇英文稿出現。中文稿雖然發表在英文之後，但也有可能是作者先寫好了中文，卻沒有即時拿去發表，所以出版日期比後來寫成的英文稿還要晚。如果情形確實如此，那麼我們可以說張愛玲在準備英文版本時"刪"去了中文開頭時的七百多字。

她為什麼要大事刪改？我想這涉及讀者對象和"認受"（reception）問題。"我們不幸生活於中國人之間"，這句話用英文來說，應該是unfortunately we live among the Chinese。或者是we move around the Chinese。如果英文文本出現了這句話，就會引起讀者的"身份困惑"。這個"我們"，不是impersonal we。如果洋人讀到這樣一個句子，一定認定此文的作者是個"假洋鬼子"，羞與自己的族群為伍。此文若用中文發表，就不必有上面這種顧慮。用張愛玲的口吻說，反正作者讀者都是中國人，話說重了，也無所謂，大家包涵包涵就是。

〈中國人的宗教〉（*Demons and Fairies*）是張愛玲發表在《二十世紀》最後一篇文章。開頭這麼說：A rough survey of current Chinese thought would force us to the conclusion that there is no such thing as the Chinese religion。

中文版的開頭，在今天看來，非常政治不正確："這篇東西本是寫給外國人看的，所以非常粗糙，但是我想，有時候也應當像初級教科書一樣地頭腦簡單一下，把事情弄明白些。"

我兜了這麼大的一個圈子，只想說明一點，張愛玲自己作品的翻譯，如果她管得着，不輕易假手於人。她希望自譯〈封鎖〉，並不表示不信任Kingsbury的能力，而是因為譯者不是作者本人，就沒有隨自己所好"調整"文章的自由。張愛玲若要自己翻譯〈封鎖〉，一時性起的話，把結尾改掉，讓呂宗楨和吳翠遠成了"百年好合"，也是她的特權。

〈封鎖〉的原文在翻譯時一經調整，就不能說是翻譯，而應視為一篇原著英文小說。一九五六年張愛玲在美國*The Reporter*雜誌發表了*Stale Mates*，兩年後由作者改寫成〈五四遺事〉，發表於夏濟安主編的《文學雜誌》。*Stale Mates*和〈五四遺事〉如今一併收入《續集》。張愛玲在〈自序〉作了這個交代：

"*Stale Mates*"（〈老搭子〉）曾在美國《記者》雙周刊上刊出，虧得宋淇找出來把它和我用中文重寫的〈五四遺事〉並列在一起，自己看來居然有似曾相識的感覺。故事是同一個，表現手法略有出入，因為要遷就讀者的口味，絕不能說是翻譯。

〈五四遺事〉既然"絕不能說是翻譯"，我們倒可以說這是*Stale Mates*的副產品，猶如〈洋人看京劇及其他〉是*Still Alive*的副產品道理一樣。我們不能忘記的是，張愛玲是雙語作家，從小立志步林語堂後塵，以英文寫作成大名。在上海"孤島"時期，她以小說和散文享譽一時，因有市場需求，稿費和版稅的收入應該相當可觀。單從賣文為活這眼前現實而言，張愛玲留在華文地區一天，也只有靠中文謀生一天。

根據鄭樹森在《張愛玲‧賴雅‧布萊希特》一文所列資料，張愛玲在一九五六年得到Edward MacDowell Colony

的寫作獎金,在二月間搬到Colony所在的New Hampshire州去居住。*Stale Mates*就在這一年刊登出來的。張愛玲拿的獎金,為期兩年。她呈報給基金會的寫作計劃,是一部長篇小說。依時序看,這長篇應是被Charles Scribner退了稿的*Pink Tears*(《紅淚》)。這家美國出版社先前給她出版過*The Rice Sprout-Song*。*Pink Tears*後來易名*The Rouge of the North*(《怨女》),一九六七年由英國的Cassell and Company公司出版。

張愛玲輾轉從上海經香港抵達美國後,換了生活和寫作環境,大概想過今後以英文寫作為生。誰料事與願違,終生未能成為林語堂那樣的暢銷作家。林語堂先聲奪人,分別在一九三五和一九三七兩年出版了*My Country and My People*(《吾國吾民》)和*The Importance of Living*(《生活的藝術》)這兩本暢銷書。張愛玲在美國賣文的運氣,真不可跟林語堂同日而語,為了生活,她開始跟香港國際電懋電影公司編寫電影劇本,為美國之音編寫廣播劇和香港的美國新聞處翻譯美國文學名著。

張愛玲立志要做一個雙語作家,我們因此想到一個非常實際的問題:張愛玲的英文究竟有多好?

二

　　張愛玲的中小學都在教會學校就讀。十八歲那年，她被父親軟禁，受盡折磨。一天，兩個警衛換班時出現了空檔，她就趁機逃出來了。後來她用英文寫下這段痛苦經歷，投到美國人辦的*Evening Post*（《大美晚報》）去發表。"歷險記"刊登時，編輯還替她加上一個聳人聽聞的標題：*What a Life! What a Girl's Life!*

　　根據張子靜的憶述，張愛玲在香港大學唸書期間，儘量避免使用中文。寫信和做筆記都用英文。她為參加《西風》雜誌徵文比賽寫的〈天才夢〉，是在香港唯一一次用中文書寫的作品。張愛玲從香港回到上海後，有一次和弟弟談到中英文寫作問題。她說：

　　要提高英文和中文的寫作能力，有一個很好的方法，就是把自己的一篇習作由中文譯成英文，再由英文譯成中文。這樣反覆多次，盡量避免重複的詞句。如果能常做這種練習，一定能使你的中文、英文都有很大的進步。

　　這是大行家的話。我們也因此相信，張愛玲雖然自小在"重英輕中"的名校就讀，對學習英語有諸多方便，但她在英語寫作上表現出來的工夫，應該是個人後天苦練出來的。*Chinese Life and Fashions*（一九四三）是她在《二十世紀》的第一篇文章。試引第一段作為討論的根據：

Come and see the Chinese family on the day when the clothes handed down for generations are given their annual sunning! The dust that has settled over the strife and strain of lives lived long ago is shaken out and set dancing in the yellow sun. If ever memory has a smell, it is the scent of camphor, sweet and cosy like remembered happiness, sweet and forlorn like forgotten sorrow.

這種英文，優雅別致，既見文采，亦顯出作者經營意象的不凡功力。前面說過，〈更衣記〉是從*Chinese Life and Fashions*衍生出來，文本各有差異，但剛好上面引的一段英文有中文版，可用作“英漢對照”：

從前的人吃力地過了一輩子，所作所為，漸漸蒙上了灰塵；子孫晾衣裳的時候又把灰塵給抖了下來，在黃色的太陽裡飛舞着。回憶這東西若是有氣味的話，那就是樟腦的香，甜而穩妥，像記得分明的快樂，甜而悵惘，像忘卻了的憂愁。

　　我上面說張愛玲的英文"優雅別致"，所引的例子是If ever memory has a smell……這句話。但單從語文習慣（idiom）的觀點看，上引的一段英文，似有沙石。The dust that has settled over the *strife and strain* of lives，我用斜體標出來的"詞組"，不是英文慣用詞，讀起來不大通順。但英文不是我的母語，因就此請教了我在嶺南大學的同事歐陽楨（Eugene Eoyang）教授。他回郵說：You're right: "Strife and Strain" is not idiomatic English。接着他提供了幾種說法：wear and tear (connoting tiredness)；the pains and strains或the stress and strains。

　　上引的一段英文，還把太陽說成the yellow sun，以張愛玲經營意象的業績來看，實在太平淡無奇了。除非作者着意描寫"變天"的景象，太陽當然是黃色的。張愛玲對月亮情有獨鍾，對太陽不感興趣。其實她可以把太陽說成the orange sun，像出現在*Isaac Babel*（一八九四至一九四〇）早期小說句子中的the orange sun is rolling across the sky like a severed head，"紅橙橙的太陽像斷了的首級那樣滾過天空"。大概因為紅橙橙的意象太暴戾了，張愛玲棄而不用，不偏不倚的把太陽的顏色如實寫出來。

張愛玲自譯〈金鎖記〉（*The Golden Cangue*），先載於夏志清教授編譯的*Twentieth-Century Chinese Stories*（一九七一），後來又重刊於夏志清和我和李歐梵三人合編的*Modern Chinese Stories and Novellas: 1919-1949*（一九八一）。因為工作的關係，我跟哥倫比亞大學出版社的Karen Mitchell女士常有書信往還。她是copy editor。有一次我跟她說到〈金鎖記〉的英文翻譯，順帶問她對譯文的印象如何。她用了短短的幾句話，說張愛玲的英文不錯，只是故事中人對白，聽來有點不自然。People don't talk like that，她說。

今已作古多年的Mitchell小姐不是研究翻譯出身，大概不會想到她區區一句評語，引起了我對翻譯問題一連串的聯想。賽珍珠（Pearl Buck）當年翻譯《水滸傳》（*All Men Are Brothers*），為了給文字製造一點"古意"，竟然仿效"聖經體"寫出come to pass這種"典雅"英文來。對熟悉原著的讀者來說，這配搭有點不倫不類，害得梁山好漢如李逵說話時嘴巴長滿疙瘩似的。霍克思（David Hawkes）譯《石頭記》（*The Story of the Stone*），沒有仿維多利亞文體，但為了製造"古意"，也把第五回中警幻仙姑"警幻"寶玉時所用的名詞如"群芳髓"和"萬艷同杯"分別譯成法文和拉丁文Belles Se Fanent和Lachrymae Rerum，象徵性的突顯《石頭記》的"古典氣息"。

單從文體來講，霍克思譯文最能表達賈政那類人迂腐氣味的是第十八回元春歸寧時父親含淚對女兒說的那番話："臣，草莽寒門，鳩群鴉屬之中，豈意得徵鳳鸞之瑞……"

霍克思的翻譯：That a poor and undistinguished household such as ours should have produced, as it were, a phoenix from amidst a flock of crows and pies to bask in the sunshine of Imperial favour……。

"草莽寒門，鳩群鴉屬"是富有"時代氣息"的階級語言。父女對話，居然用"連接詞"that引出，實在迂得可以。要不是霍克思譯的是《石頭記》，我們也可以說：people don't talk like that，但賈政在第十八回面對的元春已是皇妃，不再是people，賈政跟她說話的詞藻與腔調，也因此"八股"起來。

張愛玲自譯〈金鎖記〉時不必面對這種語言風格問題。小說的背景是清末民初，曹七巧的年紀理應跟阿Q差不多，因此故事中人在英文版說的話是現代英語。上文提到的Karen Mitchell小姐，認為譯文中的人物說話時not the way people talk，可能指的就是他們用的不是colloquial English。換句話說，我們聽季澤和七巧交談時，沒有聽到

Where's the beef? You're pulling my leg這種口頭禪。

　　既然Mitchell小姐沒有提供實例，我們也不好瞎猜她認為〈金鎖記〉的英語對白中有哪些地方欠妥。*The Golden Cangue*，是直接從〈金鎖記〉翻譯過來的，中英對照來讀，段落分明，文字沒有添減，因此我們可以就事論事，自己來衡量張愛玲運作第二語言（英文）的能力。前面說過，英語也不是我的母語，因此重讀*The Golden Cangue*時，遇到譯文有我認為可以商榷的地方，就勾出來向歐陽楨教授討教。先錄〈金鎖記〉開頭一段，再附譯文：

　　三十年前的上海，一個有月亮的晚上……我們也許沒趕上看見三十年前的月亮。年輕的人想着三十年前的月亮該是銅錢大的一個紅黃的濕暈，像朵雲軒信箋上落了一滴淚珠，陳舊而迷糊。老年人回憶中的三十年前的月亮是歡愉的，比眼前的月亮大、圓、白；然而隔着三十年的辛苦路望回看，再好的月色也不免帶點凄涼。

Shanghai thirty years ago on a moonlit right...... maybe we did not get to see the moon of thirty years ago. To young people the moon of thirty years ago should be a reddish-yellow wet stain the size of a copper coin, like a teardrop on letter paper by To-yün Hsüan, worn and blurred. In old people's memory the moon of thirty years ago was gay, larger, rounder, and whiter than the moon now. But seen after thirty years on a rough road, the best of moons is apt to be tinged with sadness.

我們可以看出張愛玲英譯〈金鎖記〉，一字一句貼近原文。以譯文的標準看，可說非常規矩。但我為了寫這篇文章細讀譯文時，特意不把 *The Golden Cangue* 當做翻譯來看。我拿裡面的文字作她英文原著小說來看待。讀到上引的一段最後一句時，就在 the best of moons 上打了問號，向歐陽楨教授請教。

The best of moons 的說法，是不是從"月有陰晴圓缺"衍生出來？因為意思拿不準，只好參看原文。原句是："再好的月色"。中文絕無問題，但 the best of moons？聽來實在有點不自然。歐陽楨看了我的問題後，來了電郵說："the best of moons" is puzzling in English. Moon does not figure in any idiom that I know of to connote joy or happiness。

這個不合 idiom 的詞組，怎麼改正呢？我想有個現成的方法。如果"歡愉"的月亮可以說成 the gay moon，那麼the best of moons應可改為even the moon at its gayest moment is apt to be tinged with sadness (italics mine)。

如果我繼續以這種形式來討論張愛玲的英文寫作，恐怕會變得越來越繁瑣。但為了要說明張愛玲寫英文不像中文那樣得心應手，我們還得多看幾個例子。

七巧顫聲道："一個人，身子第一要緊。你瞧你二哥弄得那樣兒，還成個人嗎？還能拿他當個人看？"

Her voice trembled. "Health is the most important thing for anybody. Look at your Second Brother, the way he gets, is he still a person? Can you still treat him as one?"

看來要明白is he still a person究竟何所指，不但需要比對原文，還要熟悉這 "二哥" 的健康狀況。原來 "二哥" 患了骨癆，"坐起來，脊樑骨直溜了下去，看上去還沒有我那三歲的孩子高哪！"

Is he still a person有哪些不對？下面是歐陽楨的電郵：

"Person" is social；"human" is biological and spiritual. Eileen Chang would have been better off translating her original as "is he still a human being any more?"

下面的例子，直接與idiom有關：

（七巧）咬着牙道："錢上頭何嘗不是一樣？一味的叫我們省，省下來讓人家拿出去大把的花！我就不伏這口氣！"

She said between clenched teeth, "Isn't it the same with money? We're always told to save, save it so others can take it out by the handful to spend. That's what I can't get over."

問題出在take it out by the handful。歐陽楨說：understandable but not idiomatic; the native speaker would more naturally have said, "so that others could spend it like there's no tomorrow" –more hyperbolic and more vivid; "handful" connotes an old-fashioned image, as if money were still in gold coins.

我比對了原文和譯文後，發覺"不伏這口氣"可以翻譯得更口語化：that's what I can't swallow!

〈金鎖記〉的譯文，有些段落是先要熟悉原文的故事情節才能看出究竟來的。像上面出現過的"你瞧你二哥弄得那樣兒，還成個人嗎？"就是個例子。下面例子類同：

"You know why I can't get on with the one at home, why I played so hard outside and squandered all my money? Who do you think it's all from?"

我對歐陽楨教授說，why I played so hard outside可能會引起不諳原文讀者的誤解。原文是這樣的："你知道我為什麼跟家裡的那個不好？為什麼我拚命的在外頭玩，把產業都敗光了？你知道這都是為了誰？"

歐陽楨回信說While "played hard" is a conceivable idiomatic expression, it is usually applied to sports and can be, ironically, applied to other leisure and professional activities, i.e., "I play hard, and I party hard." As a metaphor it can be used to characterize business practices. But the use here is confusing to the native speaker, because the reader is not certain whether "played hard" means "ruthlessness in his work" (in earning money and going up the corporate ladder), or "determined attempts to have fun" —either sense could apply.

對熟悉原文故事來龍去脈的讀者來說，"拚命的在外頭玩"在這裡的對等英文該是why I fooled around so much outside。"在外頭玩",怎樣也不會引起"拚命賺錢"的聯想的。把〈金鎖記〉的原文譯文略一比對後,我們不難發現,張愛玲的英文再好,在口語和idiom的運用上,始終吃虧。她到底不是個native speaker of English。她的英文修養是一種acquisition,是日後苦練修來的bookish English,不是出娘胎後就朝晚接觸到的語言。

哈金(Ha Jin)小說《等待》(*Waiting*)一九九九年獲得National Book Award大獎。Ian Buruma在*The New York Review of Books*有此評價:It is a bleak story told in a cool and only occasionally awkward English prose。就是說,文字幽冷,只偶見沙石。哪些"沙石"?Buruma沒有說出來,但事有湊巧,歐陽楨也看到了。他在"Cuentos Chinos (Tall Tales and Fables): The New Chinoiserie"一文舉了好些例子,我抽樣錄下兩條:

After Lin's men had settled in, Lin went to the "kitchen" with an orderly to fetch dinner. In there he didn't see any of the nurses of his team.

歐陽楨的看法是,一個英語是母語的人,大概會這麼說:Inside, he didn't see any nurses from his team。

第二個例子：Then for three nights in a row he worked at the poems, which he enjoyed reading but couldn't understand <u>assuredly</u>.

歐陽楨在assuredly下面劃線，因為這是最不口語的說法。他覺得這非常awkward的句子可改為：which he enjoyed reading but which he wasn't sure he understood.

哈金現在在美國大學教英文寫作。他是在大陸唸完大學才到美國唸研究院的，因此我們可以假定他接觸英文的機會比張愛玲晚。從上面兩個例子看出，他的英文也是bookish English。Bookish English我們或可譯為"秀才英文"。喬志高（George Kao）在《美國人自說自話》一文告訴我們：

我初來美國做學生的時候，在米蘇里一個小城，跟本地人談起話來，他們往往恭維我說：你的英文說得比我們還正確。這一半當然是客氣。我的英文沒有那麼好，直到今天我一不小心，he和she還會說錯，數起數目，用一二三四仍然比one, two, three, four來得方便。

我相信米蘇里小城的"土著"沒有對喬志高說假話，但說的也不見得是恭維話。我相信喬志高跟他們交談時，說的一定是"秀才英語"，一板一眼，依足教科書的規矩。譬如說，"這事非我所長"，他一定會規規矩矩地說，I am not good at it。He和she有時還會錯配的喬志高，敢造次對他們說I ain't good at it麼？I am not的確比I ain't正確，但不是他們心目中的道地英語，不是活的語言。

　　Karen Mitchell覺得〈金鎖記〉中的對白不太自然，關鍵可能就在這裡。不過Mitchell的說法帶出了另外一個問題。像〈金鎖記〉這類小說，如果把"老娘愛幹什麼就幹什麼"這種口吻翻譯成I'll do what I bloody well please；把勸人別胡思亂想，好好面對現實說成stop dreaming，get real或get a life；或者叫朋友別衝動，要保持冷靜時用了Cool it, man！這種"街童"lingo——我相信〈金鎖記〉的蒼涼氣氛會因此消失。Cool man cool這種"痞子"語言，若出現在王朔的英譯小說中，讀者應該不會覺得生疏突兀，可是在張愛玲的小說出現的話，我們會像在一個絲繡的圖案中突然看到幾條粗麻線條的浮現，予人格格不入的感覺。

　　總括來講，如果英語為母語的讀者覺得張愛玲的英譯對白聽來有點不自然，原因不在她用的口語"跟不上時代"，而在她把原文轉移為英文時，"消化"功夫沒做好。上面用過的兩個例子，"拚命的在外頭玩"和"省下來讓人家拿出去大把的花"，英譯時都患了"水土不服"症。

我細看〈金鎖記〉譯文，發覺張愛玲的敘述文字，並沒有這種"水土不服"的痕跡。迅雨（傅雷）在〈論張愛玲的小說〉一文中對〈金鎖記〉的文字極為欣賞。我們抽樣看一段原文，再看譯文：

七巧低着頭，沐浴在光輝裡，細細的音樂，細細的喜悦……這些年了，她跟他捉迷藏似的，只是近不得身，原來還有今天！可不是，這半輩子已經完了──花一般的年紀已經過去了。人生就是這樣的錯綜複雜，不講理。當初她為什麼嫁到姜家來？為了錢麼？不是的，為了要遇見季澤，為了命中注定她要和季澤相愛。……就算他是騙她的，遲一點兒發現不好麼？即使明知是騙人的，他太會演戲了，也跟真的差不多吧？

Ch'i-ch'iao bowed her head, basking in glory, in the soft music of his voice and the delicate pleasure of this occasion. So many years now, she had been playing hide-and-seek with him and never could get close, and there had still been a day like this in store for her. True, half a lifetime had gone by–the flower years of her youth. Life is so devious and unreasonable.

Why had she married into the Chiang family? For money? No, to meet Ch'i-tse, because it was fated that she should be in love with him. .... Even if he were lying to her, wouldn't it be better to find out a little later? Even if she knew very well it was lies, he was such a good actor, wouldn't it be almost real?

　　為了交代"細細的音樂，細細的喜悅"的出處，張愛玲在譯文說明了"音樂"來自季澤的聲音，而"喜悅"是因為他們"喜相逢"。這種補添，符合了翻譯的規矩。我細細列出〈金鎖記〉這段敘述文字，用意無非是向讀者引證，不論以翻譯來看、或是獨立的以英文書寫看，這段文字都可以唸出"細細的音樂"來。張愛玲的英文，自修得來。這一體裁的英文，是"秀才英文"，她寫來得心應手，不因沒有在"母語"環境下長大而吃虧。

　　張愛玲的散文集《流言》（*Written on Water*），剛出版了英譯本，譯者是Andrew F. Jones。前面說過，〈更衣記〉和〈洋人看京戲及其他〉，原為英文，刊於《二十世紀》。張愛玲後來自譯成中文，作了一些增刪。為了方便比對，現在把〈更衣記〉的英文原文一小段重錄一次，附上她自譯的中文稿，然後再看看Jones根據她的中文稿翻譯出來的英文。

（1）If ever memory has a smell, it is the scent of camphor, sweet and cozy like remembered happiness, sweet and forlorn like forgotten sorrow (from *Chinese Life and Fashions*).

（2）回憶這東西若是有氣味的話，那就是樟腦的香，甜而穩妥，像記得分明的快樂，甜而悵惘，像忘卻了的憂愁。（〈更衣記〉）

（3）If memory has a smell, it is the scent of camphor, sweet and cozy like remembered happiness, sweet and forlorn like forgotten sorrow. (Eileen Chang, *Written on Water*, translated by Andrew F. Jones, New York: Columbia University Press, 2005, P.65.)

Jones在譯文頁內落了一條注，說明他的譯文是"三角翻譯"（triangulated translation）的成果。沒有出現在 *Chinese Life and Fashions* 的片段，他在翻譯〈更衣記〉時作了補充。張愛玲英文功力如何，我們看了前面〈金鎖記〉一段引文，應有印象。Jones翻譯〈更衣記〉時，不可能不受原作者"珠玉在前"的影響。我們從上面的例子看到，張愛玲的英文原文，Jones除了刪去ever外，其餘一字不易。要把上引的四十多個字再翻譯成Jones自己的英文，最費煞思量的，應是尋找甜而穩妥的"穩妥"和甜而悵惘的"悵惘"的dynamic equivalent。Jones一定為此斟酌了許久，最後還是決定了保留張愛玲的原文。Cozy和forlorn在這獨特的context中確是恰到好處的mot juste。

除了在《二十世紀》發表的散文和翻譯小說*The Golden Cangue*外，可用來衡量張愛玲英語水平的還有不少其他作品。短篇小說有*Stale Mates*（〈五四遺事〉），長篇有*The Rice Sprout-Song*（《秧歌》），*Naked Earth*（《赤地之戀》）和*The Rouge of the North*（《怨女》）。本文用了她的散文和譯文來測量她駕馭英語的能力，充其量是以小觀大。但我相信目標已達。把她所有的英文著作和譯作拿來一並討論，覆蓋面當然會更周詳，但這樣一個研究計劃所需的時間和篇幅，遠遠超過本文範圍。我有舊文〈什麼人撒什麼野〉，可引一段作本文的結束：

我始終認為，精通數種外語固然是好事，但不能失去母語的溫暖。學來的外語，可寫"學院派"文章。母語除立讜言偉論外，還有一妙用：撒野。……近十年來的美國漢學家，不但推倒了"前浪"輩那種"啞口無言"的傳統，傑出的還可以用中文著作。這類學者很多，單是舊識就有葛浩文（Howard Goldblatt）和杜邁可（Michael Duke）兩位。他們的中文著作，……文字不但清通，且時見婀娜之姿。這算不算好中文？那得看我們對"好"的要求怎樣。他們的文字，不但敘事有井有條，而且遣詞用句，有板有眼。在這意識上說，這是好中文。但問題也在這裡：太規矩了。中文畢竟不是他們的母語，因此他們寫的是書本上等因奉此式的中文。換句話說，他們沒有撒野的能力。（〈文字豈是東西〉見《煙雨平生——劉紹銘自選集》，香港：天地圖書，二〇〇三，頁118-122。）

張愛玲和哈金，任他們怎樣能言善道，欠的就是用英文罵街撒野的能耐。就張愛玲的作品而言，讀〈金鎖記〉的原文，總比讀英譯本舒服。故事儘管蒼涼，但中文讀者讀中文，在語言上總感覺到一種"母語的溫暖"。

（本文係香港科技大學包玉剛傑出講座公開演講之講稿，曾於二〇〇五年十一月十三日於香港中央圖書館演講廳宣讀。承香港科技大學人文社會科學院署理院長鄭樹森教授授權發表，特此致謝。）

附
輪迴轉生：試論作者自譯之得失

　　一個有語言天才的人，可以兼通多種外語，但就常情而論，總該有一種語言是他與生俱來的；這就是所謂母語，或第一語。但也有例外，如批評家史泰納（George Steiner）就是個顯著的例子。他說：

　　我想不起來那一種是我的第一語言。就我自己所知，我在英文、法文和德文三種語言的程度，各不分上下。除此之外，我後來學的語言，無論是說、寫、讀哪一方面，都留下了用心學來的感覺。我對英、法、德三種語言的經驗卻不一樣：這些都是我意識的本位，毫無程度上的分別。有人用這三種語言來測驗我速算的能力，結果發現在這速率和準確性上無顯著的差異。我做夢時用這三種語言，不但密度對等，語意和象徵上的啟發性也是相當的。……以催促來探求我"第一種語言"的嘗試同樣失敗。通常的結果是：催眠師以哪一種語言問我，我就以哪一種語言回答。

一

　　現在我們不妨來個假設：如果杜甫通曉的"第一語"中包括英文，他會不會願意答應我們的請求，把自己得意的〈秋興八首〉翻譯成英文呢？拉伯薩（Gregory Rabassa）說過，能夠駕馭一種文字以上的作家如納波可夫（Nabokov）和貝克特（Beckett）通常寧願由別人英譯自己作品。話說得不錯，但如果我們假設的杜甫願意姑且一試呢？那會有什麼效果？

　　我們不妨先看看格雷厄姆（A. C. Graham）"玉露凋傷楓樹林"的現成翻譯：Gems of dew wilt and wound the maple trees in the wood。格雷厄姆的第一語是英語，我自己的母語是中文。把這兩個句子相對來看，我覺得譯筆傳神。但杜甫本人會不會認為"天衣無縫"呢？這就難說了。照理說，大詩人中英文功力相等的話，而他又不嫌麻煩，願意把〈秋興八首〉譯成英文，效果應該比格雷厄姆更令人滿意。原因簡單不過：格爾厄姆雖然是翻譯名家，但究竟不是杜甫。

　　不過，即使杜甫願意翻譯杜甫，除非他跟隨劉易士（Philip E. Lewis）的例子，他也會遇到一般中譯英翻譯家遇到的技術困難。劉易士用法文寫了篇論文，後應邀把這篇文章英譯出來。他說："謝天謝地，一個原作者把自己的文章譯成另一種文字時，可以隨心所欲、天馬行空。翻譯別人的作品，可不能那麼自由了。"

就英法兩國的文化背景而言，劉易士譯文即使沒有隨心所欲的自由，他遭遇到的技術困難，絕對沒有杜甫譯杜甫那麼艱巨。法文的Notre Dame de Paris，不用翻譯，"搬"過來就是。但杜詩中出現的"巫山"和"巫峽"，譯成Mount Wu和the Wu gorges就不是巫山、巫峽了。這正如Dover Beach對安諾德（Mathew Arnold）和已熟習這首詩的英國人而言，有其獨特的時代意義。譯成"多佛海灘"而不附詳細的注釋，中國讀者說不定會望文生義，想到旁的地方去。

歐文（Stephen Owen）把這類中詩英譯的技術障礙分為兩個層次，即語言文化的（linguistic-cultural）和美學的（esthetic）。就拿"青青河畔草"的"青"字來說吧。一般的翻譯，都作"green green, river bank grasses"或"green green, grasses by the river bank"，可是歐文卻認為"這有點不對，因為'青'是一種單色，糅合了我們習知的'藍'與'綠'兩種色調"。

以他看來，"青"在英文中沒有一個相等的字。歐文同時指出，長在這河畔的"草"也許只有grasses，但換了另一個上下文，就說"百草衰"吧，這個"草"就不好了。若翻成the hundred plants wither呢？會有什麼問題？

……讀者可能把草木（plants）作狹義的解釋：莖較灌木為短、較草為長、有葉無花。讀者亦可能把草木誤作類名看，因此不把樹木算在裡面。我們又不能把"百草"只譯作"草"（grasses），因為在英文裡的草是不包括短小的草木的。說"植物"（vegetation）也不成，因為植物通常包括樹木。……總而言之，把"草"譯成grasses，就丟了plants。反之亦然，且不說其它因"百草衰"而引起的千絲萬縷的聯想了。

杜甫自譯〈秋興八首〉所面對的問題，恐怕比上面提到的還要複雜。我們知道，有些中國舊詩之不好懂，並非文字艱深，而是由於典故隱喻所致。我們隨手在第一、二節就可撿到"寒衣處處催刀尺，白帝城高急暮砧"和"聽猿實下三聲淚，奉使虛隨八月槎"這類與中國歷史、文化、神話與傳統密不可分的關節。中國讀者靠了注釋的幫忙，弄通了詩人言外之意後，還可以進一步欣賞杜甫的詩才。英文翻譯當然也得落注，但對看到了"龍"就自動套入西方dragon傳統的讀者而言，話說得再清楚，反應也不

會像中國讀者對 "魚龍寂寞秋江冷" 那麼容易投入歷史。

我們把杜甫 "假設" 起來，只想證明拉伯薩的說法不無道理。擁有中英兩種 "母語" 的杜甫，寧用兩種文字創造兩個別有風貌的世界，也不會自己搞起翻譯來。中西文化有異，各有一套價值觀，感性自然也不一樣。像 "同學少年多不賤，五陵衣馬自輕肥" 和 "雲移雉尾開宮扇，日繞龍鱗識聖顏"，今天我們自己看來，已有不勝其酸迂之感，更何況外國讀者？

二

現在我們撇下假設的杜甫不談，且找些作家自譯的實例。在中國傳統詩人中，因血統和特殊背景的關係，除中文外可能還兼通另一種語言的想有不少。元人薩都剌先世為答失蠻氏，實為蒙古人。納蘭性德為滿清正黃旗人。照常理說，他們都有自己母語。可惜的是，他們即使曾經把自己的詞 "翻譯" 成蒙文滿文，我們亦不得而知。

近代詩人中受過外國教育的多的是。三十年代知名作家中就有留英美的徐志摩、聞一多和朱湘。他們的英文寫作能力應無疑問，只不過他們的態度可能像納波可夫和貝克特一樣，不願翻譯自己的作品而已。

　　假如我們在現代詩人中找不到作者譯者兼一身的實例，我不會想到要寫這篇文章。在正式舉例明之以前，我們先問一個翻譯上的問題：白話詩是不是比舊詩好翻譯？我們認為這不能一概而論，因為舊詩人中有"顯淺"如白居易，而新詩人中有"晦澀"如李賀者。如果白話詩"白"得像艾青的〈紐約〉（一九八〇），那麼我們也許可以說：白話詩不難翻。先引兩節原文，再看看歐陽楨的翻譯。

　　　　矗立在哈得孫河口，
　　　　整個大都市
　　　　是巨大無比的鋼架
　　　　人生活在鋼的大風浪中
　　　　Standing at the mouth of the Hudson River
　　　　An entire metropolis
　　　　A huge, incomparable framework
　　　　Human lives in a maelstrom of steel

　　　　鋼在震動
　　　　鋼在摩擦
　　　　鋼在跳躍

鋼在飛跑

Steel vibrating

Steel rubbing together

Steel vaulting up

Steel flying through

　　我們閱讀舊詩，心無旁騖，對每一個單字、詞組和細節都不放過，深怕略一粗心就失其微言大義。唸艾青這首詩，倒不必花這麼大氣力。此詩文字透明，意義也毫不晦澀。"百草衰"中的"草"字給譯者帶來的困擾，我們在上面已經談過。"紐約"的鋼，並沒有什麼隱義可言。鋼是steel；steel就是鋼。

　　從翻譯的觀點而言，詩中某些動詞詞組倒可有不同的譯法。就拿"震動"來說吧，vibrating的同義中，隨便就可找到shaking，qualing或trembling等代用詞。不過，由於在艾青眼中的紐約是個充滿了貪婪動力的社會，歐陽楨選擇了vibrating，非常得體。

　　五四以來用白話寫成的詩也叫新詩。新詩中現代感性濃厚的叫現代詩。此文僅討論翻譯問題，不擬在此詳作界別。我們在前面說過，新詩舊詩翻譯之難易，全視個別例子，不能一概而論。"文革"後有所謂"朦朧詩"之出現，語言雖用白話，意象卻難捉摸。其實，如果顧城和北島等人的"朦朧"作品能稱得上現代詩的話，那麼中國新詩早在這個世紀初已"現代"得很了。我們試看李金髮〈棄婦〉兩行：

> 靠一根草兒與上帝之靈往返在空谷裡
> 我的哀戚惟游蜂之腦能深印着

以文字論，這兩個句子也"白"得不能再白了。我們先看看許芥昱怎麼翻譯：

> By way of a blade of grass I communicate with God in the desert vale.
> Only the memory of the raming bees has recorded my sorrow.

紐馬克（Peter Newmarke）在 *Approaches to Translation* 把翻譯分為兩類："傳神翻譯"（communicative translation）和"語義翻譯"（semantic translation），前者的意圖是把原文讀者的感受盡可能絲絲入扣地傳達給看翻譯的讀者。後者所追求的是在不違反"第二語"的語義與句子結構的原則下，盡量保持原文上下文的本來面目。

依此說來，許芥昱把“游蜂之腦”譯成memory of roaming bees；“能深印着”解作has recorded，採用的是所謂“傳神”譯法。如果他要拘泥原文字義，“我的哀戚惟游蜂之腦能深印着“可能會以這種面目出現：My sorrow can only be deeply imprinted in the brains of the roaming bees。

兩種譯法究竟哪一種可取？在我個人看來，這是感性上見仁見智的問題。現代詩特色之一是反傳統，而一個人的“哀戚”要依靠“游蜂之腦”來“深印着”，可見思維跟句子一樣不墨守成規。把原文和譯文對照看，許芥昱做了點剪裁工夫。幅度不大，意思也沒改變，但還是剪裁了。照我們的經驗看，這是權衡輕重後的決定。李金髮寫的是現代詩，既要破舊立新、自成一格，因此看來怪異的句子也許還是他的特色。

譯成英文，立意存其怪趣，說不定會被讀者認為文字欠通。我想許芥昱是在這個考慮下才決定用約定俗成的英文來翻譯的。Only the memory of the roaming bees has recorded my sorrow是不是“詩才橫溢”的翻譯且不說，文義清通是沒問題的。

許芥昱的剪裁，出於譯文文體的考慮。〈棄婦〉全詩的命意，也許深不可測，但作獨立的句子看，自成紋理。

"靠一根草兒與上帝之靈往返在空谷裡"，文字意象確有不尋常處，但不難理解。既能理解，就可以翻譯。因此我們可以說許芥昱譯〈棄婦〉並沒有遇到什麼特別困難。

余光中譯紀弦詩〈摘星的少年〉面對的問題可不一樣。

摘星的少年，
跌下來。
青空嘲笑它。
大地嘲笑它。
新聞記者
拿最難堪的形容詞
冠在他的名字上，
嘲笑他。

The star-plucking youth
Fell down,
Mocked by the sky,
Mocked by the earth
Mocked by the reporters
With ruthless superlatives

On his name.

　　紀弦這首詩，除了代名詞"它"外，其餘都顯淺易懂。"它"、"他"這類字眼，是西化中文的沙石，識者不取。紀弦要用，也就罷了，可惜此詩中的"它"卻不明所指。作抽象化名詞用的話，那麼"它"指的當是少年攀天空摘星星這回事。據此，依紐馬克對"語義翻譯"的解說，"青空嘲笑它"和"大地嘲笑它"大可譯作：It is mocked by the sky, / It is mocked by the earth。

　　為了怕讀者看了不知所云，更可不厭其煩地譯作：The whole venture (of star plucking) is mocked by the sky, / The whole venture (of star plucking) is mocked by the earth。當然，就英文而論，這屬於"奇文共賞"。究竟"它"指的是什麼呢？中文讀者可以不去理會"它"，但翻譯卻不能逃避"它"。幸好英文有被動語態，余光中也因利乘便，以"朦朧"手法輕輕帶過。Mocked by是"被嘲笑"，至於被嘲笑的是人還是事，也成了密不可分。

三

　　余光中用被動語態把"他"、"它"矛盾權宜消解。

可是我們假設紀弦精通英語，而他在本詩中分別用了中性和人身代名詞，證明他不是 "他"、"它" 不分的糊塗人，那麼，他會不會覺得譯文有點偷天換日呢？最好的假設當然是，紀弦若要自己動手翻譯，效果又如何？

這一點我們永遠不會找到答案，因此不必徒勞無功地假設下去。余光中喜歡翻自己的詩，我們就用他作詩人自譯的第一個例子吧。他的〈雙人床〉除了自己的譯文外，還有葉維廉的譯本。

雙人床

讓戰爭在雙人床外進行
躺在你長長的斜坡上
聽流彈，像一把呼嘯的螢火
在你的，我的頭頂竄過
竄過我的鬍鬚和你的頭髮
讓政變和革命在四周吶喊
至少愛情在我們的一邊

葉譯：
DOUBLE BED
Let war go on beyond the double bed,

Lying upon your long, long slope,

We listen to stray bullets, like roaming fireflies

Whiz over your head, my head,

Whiz over my moustache and your hair

Let coups d'etat, revolutions howl around us;

At least love is on our side...

余譯：

THE DOUBLE BED

Let war rage on beyond the double bed

As I lie on the *length* of your slope

And hear the straying bullets,

Like a swarm of whistling *will-o'-the-wisps*

Whisk over your head and mine

And through your hair and through my beard.

On all sides let revolutions growl,

Love is at least on our side...

　　余譯要提出來討論的字句，我都用了斜體字以茲識別。余、葉兩位都是詩人，但〈雙人床〉是余光中自己的詩，套用劉易士的話，他翻譯時可以"隨心所欲、天馬行空"。葉維廉翻譯人家的作品，就沒有這種特權了。

這分別在第一行就看得出來。"進行"是go on，葉維廉譯得中規中矩。不譯go on，用死板一點的proceed也不失原義。但我們認為，葉維廉想像再出奇，也不會越分把"進行"與rage同樣看待。Rage是"怒襲"或"激烈進行"，以〈雙人床〉的文義看，不但言之成理，且見神來之筆。

葉維廉吧"長長的"譯成long，long，手法與把"青青河畔草"的"青青"譯成green，green相同。余光中譯文棄複式形容詞不用而用名詞length，對原義無大影響。不過，觀微知著，我們可從葉、余二家處理小節的態度，看出翻譯別人的作品與自己的東西在心理上確有到人家家裡作客與躲在自己"狗窩"活動的分別。從上面例子看，他們二人在翻譯上的差異似乎僅出於修辭上的考慮，但我們再往下看，就會發覺他們兩人的分別，不限於修辭那麼簡單。

第三行有"呼嘯的螢火"。葉維廉一板一眼地譯了。若要吹毛求疵，我們不妨指出，像流彈一樣"呼嘯"的螢火不可能roaming那麼逍遙。

同樣的中文句子，余光中自己翻譯出來就大異其趣。螢、熒相通，但既可以"一把"計算，想是夏夜出現的螢火蟲無疑。不知余光中是否在譯詩時突然想到：雙人床外烽火漫天，在馬革裹屍的戰場上，磷火的意象在此詩中比螢火更陰森恐怖。大概有見及此，他乾脆不理原文，譯成Like a swarm of whistling will-o'-the-wisps。他當然有權自作主張，可是單就英文而言，這說法大有商榷之處。第一，磷火不像螢火，不能以swarm論之。第二，磷火是一種燃燒的沼氣，不會像螢火那像升空"呼嘯"。

　　但這都不是我們要討論的問題核心。我們應注意的是：余光中自操譯事，可以"見獵心喜"，隨時修改原著。葉維廉若把螢火改為磷火，恐遭物議。除以磷易螢外，余光中還作了另一剪裁，原文是"讓政變和革命在四周吶喊"。看譯文，政變好像沒有發生過，只有革命在四周喧嚷。

四

　　余光中譯作改動原文，是不爭的事實，至於他為什麼要作這種改動，這問題已由翻譯移升到創作的層次了。翻譯一旦變成創作的延續，也產生了另外一種藝術本體，非本文討論意旨。但作者自譯自改這種"衝動"，一定相當普遍。余光中外，我們還可找出葉維廉來做例子。前面說過，他譯余光中的詩，亦步亦趨，但手上作品若屬自己所有，就覺得不必做自己的奴隸了。試舉其〈賦格〉為例。

北風，我還能忍受這一年嗎
冷街上，牆上，煩憂搖窗而至
帶來邊城的故事，呵氣無常的大地
草木的耐性，山岩的沉默，投下了
胡馬的長嘶；

North wind, can I bear this one more year?
Street shivering along the walls
Romances in cold sorrows the frontiers
Remind me of these:
Patience of the mountains Erratic breath of
outlands
Chronic neighing of Tartar horses...

　　〈賦格〉長達一百零一行，但作例子看，上面一節夠了。為了便於讀者看到葉維廉的刪減，我遵循所謂“語義翻譯”法則，把原詩“直譯”出來。行內的斜體字，即為葉維廉漏譯的片段。

North wind, can I bear this one more year?

On the cold streets, along the walls, *sorrow*

drift in through the windows

With stories from the border-town;

The great earth heaving its erratic breaths

The patience of the woods and plants

The silence of the mountains, *throwing down*

the long neighing of the Tartar horses...

　　細對葉維廉的原作與他自己的翻譯，可說輪廓猶存，
面目卻改變了不少。我們從第二行算起。Streets shivering
along the walls的大意是"街冷得沿着牆發抖"。不消說，
葉維廉用的是擬人化，以圖增加戲劇效果。這點且不說，
要命的是"煩憂搖窗而至"在譯文中消失了。

　　我們重申前意：如果葉維廉把翻譯認作是創作的延
續，我們無話可說，可是以翻譯論翻譯，我們不禁要問：
為什麼要刪掉這個句子？

　　除非葉維廉將來給我們一個答案，我們只得假設下
去。我個人認為，就原文來說，"搖窗而至"是一個別開
生面的句子，但譯成英文，卻不好處理。歐文說得好：

"中國詩的語言漫無邊際,英文不易掌握得住。運氣好時,我們也許找到幾個庶幾近矣的例子,但要翻譯與原文完全相等,實無可能。也許是一些中國人習以為常的話,用英文來說會使人覺得莫名其妙吧。"

"搖窗而至"中的"搖"字,其難捉摸處雖不及"風"和"骨"之玄妙,但也頗費思量。煩憂可以搖窗,擬人無疑。讀原文,怎麼"搖"不必解釋,但若要翻譯,得先鑒定字義的範圍:是rock?是roll?還是shake?

我們再細對原文譯文,就不難發覺這幾乎是兩首不同的詩。"煩憂搖窗而至／帶來邊城的故事"一口氣讀完,予人的直覺是:煩憂搖撼窗門進來,給我們講邊城的故事。分開來唸的話:煩憂到臨,使人聯想到邊城的故事。

這究竟是哪一回事?除非譯文能像原文一樣包含了這兩種可能性,否則二者間總得作一選擇。由此看來,現有的Romances in cold sorrows the frontiers / Remind me of these只能算是完全獨立的英文詩句,不是翻譯。

葉維廉譯詩第三個顯明的遺漏是沒有把"胡馬的長嘶"前面的動態語"投下"翻譯出來。熟悉葉維廉"定向迭景"理論的讀者不以為怪。〈賦格〉四景渾然天成:

呵氣無常的大地,

草木的耐性，

山岩的沉默，

胡馬的長嘶。

　　此情此景，呈現眼前，再"投入"些什麼未免畫蛇添足了。這個關鍵葉維廉創作時可能沒有看到。翻譯時大徹大悟，乃筆路一轉，添了Remind me of these一句，把零碎的意象重疊起來。

五

　　我們先後看過歐陽楨、許芥昱、余光中和葉維廉的翻譯，現在可以綜合他們的經驗，作一個粗淺的結論。我們認為，若把翻譯看成一種有別於創作的活動的話，第一個應堅守的原則是忠於原作者的本意，不恣加增刪。歐陽楨和許芥昱在這方面都符合了這個前提。

　　余光中和葉維廉翻譯別人的作品時，大致也中規中矩。值得討論的是他們自譯的詩篇。他們作了些什麼剪裁、改動的幅度有多大等細節我們已交待過了，不必在此舊話重提。我個人覺得需要注意的，是一個技術上的小問題。我覺得，像〈賦格〉一詩的"英文版"，與原文出入這麼大，不應再說translated by the author這亂人耳目的話。道理很簡單，因為這不是翻譯。初習翻譯的人一時不察，拿了葉維廉的"非翻譯"作翻譯範本來研究，就會誤入歧途了。

葉維廉身為作者，有權邊譯邊改自己的作品，這話我們也說過了。最不可饒恕的是今人譯古人詩，明知故犯，無中生有。我且舉個近例。李商隱詩蕩氣迴腸，固然是他的特色，但說話不留痕跡，更是他的特色，要不然他不必以〈無題〉傳衷曲了。"春蠶到死絲方盡，蠟炬成灰淚始乾"是家傳戶曉的名句，且看落在譯者手裡變成什麼個樣子？

Just as the silkworms spins silk

Until it dies.

So the candle cannot dry its tears

Until the last drop is shed.

And so with me.

I will love you

To my last day.

(Ding & Raffel 1986)

　　我們無法想像李商隱會說出這麼"摩登"的話："我也一樣，愛你到海枯石爛。"

　　這種畫蛇添足的"譯"法，無疑是嫁禍古人。正因翻譯界有這種歪風存在，難怪能用第二種語言來表達自己的近代詩人都覺得，與其像李商隱一樣任人宰割，不如自己動手翻譯了。除余、葉兩立外，常常在這方面"自彈自唱"的近代中國詩人還有楊牧和張錯。本文因篇幅所限，沒有把他們自譯的作品收在討論的範圍，但我閱讀他們的譯作時，發覺到他們在某種程度上一樣有"不惜以今日之我改昨日之我"的習慣。這現象使我想到該拿自己的東西做例了。我不寫詩，不譯詩，但因寫了本文，使我有機會在翻譯問題上試作"現身說法"。

　　本文之構想與資料全由一篇題名Unto Myself Reborn: Authors as Translator的英文稿衍生出來（見*Renditions: A Chinese-English Translation Magazine*, Nos. 30-31，一九八九）。所謂衍生，就是一種妥協。我原來的打算是把自己的文章自譯成中文的。但一開始就遇到無法克服的困難。Unto Myself Reborn: Authors as Translator這個題目是我想出來的。可是我就沒有辦法找到一個令我自己滿意的中譯。"再生為我"？這是不倫不類的中文。"自充譯者的作家"？一樣不倫不類。

題目不好譯,內文第一句也不好處理。Imagine Tu Fu (712-770) to be as gifted a polyglot as George Steiner,若果規規矩矩地譯出來,不外是:"讓我們假設杜甫跟喬治‧史泰納一樣有語言天賦,可以說寫多種文字。"

我自信這句譯文沒有什麼錯失,但我自己看了不滿意。為什麼不滿意?因為我相信如果我用中文寫作,絕對不會用這種句子開頭。我這種"自譯"的嘗試,使我深深地體驗到,一個可以用兩種語言寫作的人,就同樣一個問題發表意見時,內容可以完全相同,但表達的方式可能有很大的出入。

拿我個人經驗而言,這種表達方式的差異,可有兩種解釋。一是文字本身約定俗成的規矩,正式英文所說的convention。譬如說,Imagine Tu Fu to be這種句法,可說是英文規矩的產品。要用中文表達這個意思,如不想用西化句法如"讓我們想像什麼"的話,得在中文的規矩範圍內找。有時英文簡簡單單一句話,用中文說不但洋腔十足,而且囉嗦透了。同樣一個意思,當然可用中文來表達,但話不是這麼說的。

第二個原因更具體。任何人用某一種文字寫作,都會投入在那種文字的思想模式中。我既然決定了"現身說法",應該繼續以自己的經驗為例。我的母語是中文,但我着手寫一稿時，腦海中出現的句子，全是英文的。這就是說，並非先想好了中文句子，然後再翻成英文。英文雖不是我的母語，但既接觸了多年，已成日常生活與思考的一種習慣。譬如說，在Gerald Manley Hopkins的討論會上，只要與會人士都用英語，像inscape這類字眼將脫口而出，絕不會想到與翻譯有關的頭痛問題。

同樣，我們用中文論詩詞，風骨、神韻、境界這些觀念，自自然然成了我們思維的一部分。

最後，我不能不就Unto Myself Reborn: Author as Translator的翻譯問題交代一下。若獨立地看，"輪迴轉生：試論作者自譯之得失"也許沒有什麼不對，但若說是翻譯過來的，就顯得不盡不實了。第一，輪迴轉生並不保險unto myself reborn。此生若有差錯，下輩子可能轉生為牛為馬。作者自譯作品，就是不願意別人把自己弄得面目全非。"試論作者自譯之得失"確包括了author as translator這個概念，但不是翻譯。"試論"和"得失"乃原文所無，但這是中文約定俗成的規矩。若說"輪迴轉生：作者自譯"，就非驢非馬了。

連自擬的題目都無法翻譯，因此我只好打消原意，把Unto Myself Reborn的資料抽出來，重組改寫。這次經驗使我深切地了解到像納波可夫和貝克特這種大家，為什麼拒

絕 "輪迴轉生"，而余光中和葉維廉等詩人，為什麼在翻譯自己作品時，常迫得作出 "削足就履" 的措施。

沒有翻譯經驗的人不懂翻譯之苦，只有為 "一詞之立" 而受盡過折磨的人才會特別欣賞行家卓越的成就。翻譯這工作值不值得做下去？且引一九八六年十二月一日《新聞周刊》（News Week）一篇報道作為本文的結束。根據該報道執筆人David Lehman說，《百年孤寂》（One Hundred Years of Solitude）的作者馬爾克斯（Gabriel Garcia Marquez）對拉伯薩英譯本之喜愛還要超過自己用西班牙文寫成的傑作。

這個報道，令人興奮，雖然我們知道這是可遇不可求的事。